TERRE PROMISE

LES ROYAUMES OUBLIÉS AU FLEUVE NOIR

La trilogie de l'Elfe Noir
4. Terre Natale
5. Terre d'Exil
6. Terre Promise
par R.A. Salvatore

La trilogie des héros de Phlan
7. La Fontaine de Lumière
8. Les Fontaines de Ténèbres
9. La Fontaine de Pénombre
par J.M. Ward, J. Cooper Hong, Anne K. Brown
10. Magefeu
par Ed Greenwood

La trilogie de la Pierre du Trouveur
11. Les Liens d'azur
12. L'Éperon de Wiverne
13. Le Chant des Saurials
par Jeff Grubb et Kate Novak
14. La Couronne de feu
par Ed Greenwood

La trilogie du Val Bise
15. L'Éclat de Cristal
16. Les torrents d'argent
17. Le joyau du petit homme
par R.A. Salvatore

La trilogie du Retour aux Sources
18. Les revenants du fond du gouffre
19. La nuit éteinte
20. Les compagnons du renouveau
par R.A. Salvatore
21. Le prince des mensonges
par James Lowder

La pentalogie du clerc
22. Cantique
23. A l'ombre des forêts
24. Les Masques de la Nuit
25. La forteresse déchue
26. Chaos cruel
par R.A. Salvatore
27. Elminster : la jeunesse d'un mage
par Ed Greenwood

TERRE PROMISE

par

R.A. SALVATORE

FLEUVE NOIR

Titre original :
Sojourn

Traduit de l'américain
par Michèle Zachayus

Collection dirigée par Patrice Duvic
et
Jacques Goimard

Royaumes Oubliés et le logo TSR sont des marques déposées par TSR, Inc.

Le Code de la propriété intellectuelle n'autorisant, aux termes de l'article L. 122-5, 2° et 3° a), d'une part, que « les copies ou reproductions strictement réservées à l'usage privé du copiste et non destinées à une utilisation collective » et, d'autre part, que les analyses et les courtes citations dans un but d'exemple ou d'illustration, « toute représentation ou reproduction intégrale ou partielle, faite sans le consentement de l'auteur ou de ses ayants droit ou ayants cause, est illicite » (art. L.122-4).
Cette représentation ou reproduction, par quelque procédé que ce soit, constituerait donc une contrefaçon sanctionnée par les articles L.335-2 et suivants du Code de la propriété intellectuelle.

© 1991, 1997 TSR, Inc. Tous droits réservés.
TSR Stock N°. 8483
ISBN : 2-265-00214-3
ISSN : 1257-9920

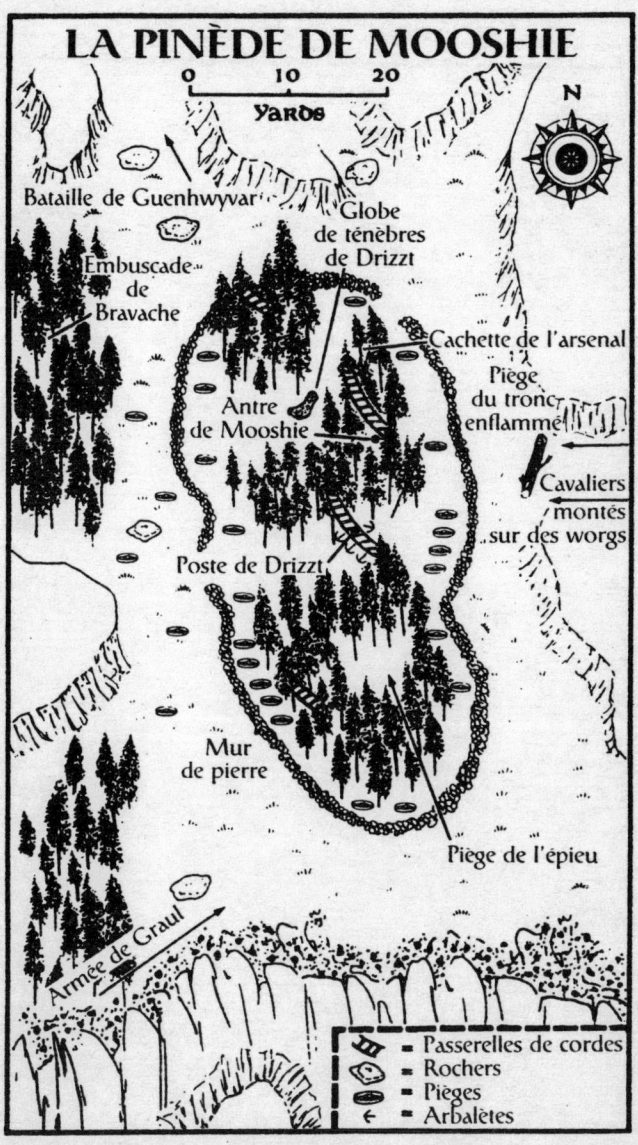

PROLOGUE

Assis à flanc de montagne, l'elfe noir observait avec anxiété la ligne enflammée de l'horizon. C'était là sa centième aurore tout au plus ; il connaissait un peu la douloureuse lumière qui vrillait ses yeux couleur lavande - des yeux qui avaient eu plus de quatre décennies pour s'accoutumer aux ténèbres d'Ombre-Terre, le monde souterrain.

Le Drow ne détourna pas le regard quand l'astre solaire couronna l'horizon. Il acceptait la souffrance comme une épreuve nécessaire pour devenir un habitant de la surface.

Des volutes grisâtres glissèrent sous ses yeux. Son *piwafwi*, son manteau magique, achevait de se désagréger à la lumière du soleil.

Il n'y avait plus rien à faire pour sauver le manteau d'invisibilité, qui appartenait à un monde différent. L'exilé se cramponnait pourtant aux lambeaux qui partaient en fumée, avec le sentiment que le *piwafwi* symbolisait son propre destin.

Le soleil monta ; des larmes roulèrent sur ses

11

joues. Il s'entêta, et regarda le jour se lever.

Pour survivre, il fallait s'adapter.

Ses bottes usées menaçaient de disparaître à leur tour en fumée.

Ses cimeterres, magnifiques armes drows qui l'avaient soutenu au travers de tant d'épreuves, allaient-ils eux aussi s'évanouir ? Quel sort attendait Guenhwyvar, sa panthère magique, son fidèle compagnon ? Machinalement, il tâta dans sa poche la splendide figurine d'onyx qui lui permettait d'invoquer le félin à volonté. Dans ces instants de doute, la solidité de la pierre le réconfortait. La statuette avait pourtant été taillée par des elfes noirs et imprégnée de la magie particulière de leur territoire... Résisterait-elle dans un environnement différent du monde pour lequel elle avait été créée ?

— Quelle misérable créature vais-je devenir ? se lamenta l'elfe noir.

Pour la énième fois, il se demanda s'il avait eu raison de quitter Ombre-Terre.

Le sang battait à ses tempes, la sueur lui brouillait la vue, accentuant la douleur. Le soleil poursuivit son ascension ; la souffrance devint trop forte.

L'elfe retourna dans la petite grotte où il avait élu domicile.

Des lambeaux de son *piwafwi* pendaient encore sur ses épaules, le protégeant un peu de la morsure des vents matinaux. Dans Ombre-Terre, les vents n'existaient pas, mis à part les légers souffles d'air s'élevant de couches de magma. Le froid y était également inconnu, hormis le contact glacial des monstres morts-vivants... Le monde de la surface présentait de nombreuses différences - bien trop, au goût de l'elfe solitaire.

Mais Drizzt Do'Urden ne s'avouerait jamais vaincu. Ombre-Terre était l'univers de sa famille ; dans ses insondables ténèbres, point de repos pour lui. Obéissant à ses principes, il avait attaqué Lloth, la Reine Araignée malveillante que son peuple révérait par-dessus tout.

Les elfes noirs ne lui pardonneraient jamais ses blasphèmes ; Ombre-Terre ne possédait aucune grotte, aucun abri assez profond pour le soustraire à leur vindicte.

Même si le soleil le faisait *fondre*, de la même façon qu'il avait détruit ses bottes et son précieux *piwafwi*, même s'il se vidait de toute substance jusqu'à devenir une ombre grisâtre, dispersée par la fraîche brise matinale, il garderait ses principes et sa dignité intacts - toutes choses qui faisaient que la vie valait la peine d'être vécue.

Il ôta les guenilles de ses épaules et les jeta dans une fissure. Le vent glacé mordit son front couvert de sueur, mais le Drow garda la tête haute, la mâchoire ferme, les yeux bien ouverts.

C'était le destin qu'il avait choisi.

*
* *

Sur un coteau pas très loin de là, une autre créature regardait le jour nouveau poindre à l'horizon. Ulgulu, lui aussi, avait quitté sa terre natale, les crevasses fumantes et crasseuses qui caractérisaient le plan des Enfers. Mais le monstre n'était pas là de son propre chef. C'était son destin, sa pénitence, de grandir dans ce monde jusqu'à ce qu'il ait acquis une force suffisante pour regagner son chez-lui.

Son destin, c'était le meurtre : se repaître de l'énergie vitale des faibles mortels. Il était près d'atteindre sa maturité ; immense, puissant, féroce...

Chaque tuerie le rendait plus fort.

PREMIÈRE PARTIE

LEVER DE SOLEIL

Il brûlait mes yeux et fouaillait mes entrailles. Il détruisit mon piwafwi et mes bottes, vola le pouvoir magique de ma cotte de mailles, et affaiblit mes cimeterres. Chaque jour, pourtant, sans faillir, j'étais assis sur mon promontoire, à attendre que pointe l'aube.

Cette expérience paradoxale se reproduisait tous les matins. La douleur était indéniable, mais la beauté du spectacle ne l'était pas moins. Le bouquet de couleurs précédant immédiatement l'apparition du disque de feu captivait mon âme plus qu'aucune combinaison d'infrarouges en Ombre-Terre. Je crus d'abord que mon ravissement venait de l'étrangeté de la scène ; bien des années plus tard, je sens encore mon cœur bondir dans ma poitrine à la vue des lueurs qui annoncent l'embrasement des cieux.

Je sais à présent que le temps passé sous les rayons du soleil exprimait plus que le désir de m'adapter au monde de la surface. Le soleil devint le symbole de la différence entre Ombre-Terre et mon nouveau foyer. La société que j'avais fuie, univers de noirs complots et de perfides machinations, n'avait pas droit de cité sous la lumière du jour.

En dépit des tourments physiques qu'il m'infligea, le disque flamboyant incarna mon refus d'un autre monde, plus sombre. Ses rayons renforcèrent mes principes aussi sûrement qu'ils affaiblirent les objets magiques des Drows.

Au soleil, le piwafwi, *vêtement de prédilection des voleurs et des assassins, devint une guenille.*

Drizzt Do'Urden.

CHAPITRE PREMIER

POIGNANTES LEÇONS

Drizzt rampait à travers buissons et pierres plates. Même sans trace visible, il *sentait* une présence étrangère.

Guenhwyvar tournait au-dessus de la petite grotte, à flanc de colline. L'elfe en fut réconforté. Il accordait une confiance aveugle à l'entité magique ; il savait que le grand félin nettoierait les lieux de tout ennemi embusqué. Drizzt disparut par la sombre ouverture, et sourit en entendant l'animal descendre pour veiller sur lui.

Le soleil disparaissait à l'occident. La grotte était assez sombre pour permettre au Drow d'utiliser son infravision. Sitôt fait, il repéra l'intrus. Au fond de la grotte, la nette clarté d'une source de chaleur émanait d'un être vivant. Drizzt se détendit, soulagé. Guenhwyvar suivait à quelques pas, et l'intrus n'était pas une grosse bête.

Cependant, dans Ombre-Terre, toute créature

vivante, quelle que soit sa taille, était potentiellement dangereuse. Il fit signe au félin de rester sur ses positions, et se glissa lentement de côté, pour mieux observer l'inconnu.

Il n'avait jamais vu semblable animal de sa vie : presque félin, mais avec une tête plus pointue et menue. Doté d'une épaisse fourrure, ce devait être un rongeur, non un prédateur. La bête fourrageait dans ses vivres, sans se préoccuper le moins du monde du bipède.

— Détends-toi, Guenhwyvar, souffla Drizzt, rengainant ses armes.

Il avança pour mieux voir. S'il pouvait gagner sa confiance et s'en faire un nouveau compagnon...

L'animal releva le museau et recula précipitamment.

— Du calme, murmura l'elfe. Je ne vais pas te faire de mal.

Il avança encore ; la créature siffla d'un air menaçant, puis se tourna contre la paroi.

Drizzt faillit rire, croyant qu'elle tentait de passer à travers la roche. Guenhwyvar bondit, et sa détresse visible ôta toute envie de rire au jeune homme.

La bête leva sa queue ; il remarqua les bandes blanches qui couraient sur l'épaisse toison. La panthère gémit et voulut fuir, mais il était trop tard...

Une heure plus tard, les deux compagnons cherchaient un nouveau logis. Ils avaient sauvé ce qu'ils avaient pu du désastre - pas grand-chose en fait. Ils restaient à distance l'un de l'autre, et auraient voulu pouvoir fuir leur propre puanteur.

Drizzt s'efforça de mettre l'incident en perspective, même si la pestilence de son corps rendait la leçon plus poignante. S'il ignorait le nom de l'animal, il n'était pas prêt d'oublier à quoi il ressemblait.

La prochaine fois qu'il rencontrerait un putois...

Il savait peu de choses sur ce nouveau monde, et moins encore sur les créatures qui y vivaient. Il n'avait fait que de brèves incursions dans les plaines au cours des derniers mois. Il avait vu des animaux et des êtres humains. Le courage d'avancer à découvert pour établir un premier contact lui faisait encore défaut. Il craignait trop d'être rejeté. Cette fois, il n'aurait nulle part où aller...

Le bruissement d'un cours d'eau guida les deux compagnons vers sa bienfaisante fraîcheur. L'elfe noir repéra des ombres où s'abriter, et se déshabilla, tandis que Guenhwyvar se dirigeait en aval pour attraper des poissons. Les clapotis ramenèrent un sourire sur les traits sévères de l'elfe noir ; ils mangeraient bien ce soir.

Il frissonna en pénétrant dans l'eau glaciale. Ombre-Terre ne l'avait pas accoutumé à pareilles différences de température. Ici, il allait de surprise en surprise. Il avait déjà remarqué des variations dans la longueur des jours et des nuits, et des chutes notables de température. Il y avait constamment des variantes : certaines nuits étaient illuminées par un disque d'argent ; certains jours n'étaient que grisaille uniforme, d'autres étaient couronnés d'une voûte au bleu intense.

Drizzt ne regrettait rien. Dans Ombre-Terre, jamais il n'aurait pu se baigner ou se délasser ainsi, ses armes et ses vêtements à une dizaine de mètres de lui, sans risque d'être inquiété...

Au terme de quatre mois, le Drow était toujours aussi seul, exception faite de Guenhwyvar. Et il était, à cet instant, parfaitement vulnérable.

— Quelle vue lamentable je dois offrir...

Il passa ses doigts fins dans son épaisse chevelure blanche. Quand son regard revint à la berge, tout souci de son apparence le quitta...

Cinq balourds fouillaient ses effets ; des humanoïdes à la peau grisâtre, aux groins de canidés, armés d'épées et de lances pointées dans sa direction. Il connaissait ce type de monstres pour en avoir vus, esclaves, à Menzoberranzan, la cité des elfes noirs. Ces gnolls-là paraissaient plus inquiétants.

Se ruer sur ses cimeterres lui vaudrait d'être embroché sans autre forme de procès.

Le plus grand de la bande, un géant de plus de deux mètres, à la toison enflammée, fixa l'elfe un long moment.

— A quoi songes-tu ? marmonna Drizzt.

Il savait peu de choses sur les gnolls. A l'Académie de Menzoberranzan, on lui avait appris que c'était une race apparentée aux gobelins, malveillante, imprévisible et dangereuse. Même chose pour les elfes blancs de la surface, les humains - et à peu près toutes les autres races..., s'aperçut-il soudain. Il faillit éclater de rire malgré le danger. Quelle ironie ! Si un peuple méritait ces qualificatifs, c'était bien celui des elfes noirs !

Les gnolls restèrent immobiles, silencieux. Il comprit qu'ils hésitaient, à la vue d'un Drow ; il devait profiter de leur peur s'il voulait en réchapper. Recourant à ses dons magiques, il auréola les cinq créatures de flammèches pourpres inoffensives.

Un monstre tomba à plat ventre, mais les autres s'arrêtèrent sur un signe de leur chef. Ils jetèrent des regards nerveux autour d'eux. Drizzt se tendit, cherchant un nouveau moyen d'intimidation.

Le chef baissa sa lance, imité par ses hommes, puis aboya une suite incompréhensible de sons. Devant la confusion de Drizzt, il recommença dans la langue gutturale des gobelins.

L'elfe saisit quelques mots dans ce dialecte déformé : « ami » et « chef ».

Il fit un premier pas, prudent. Les gnolls s'écartèrent. Il avança avec plus d'assurance quand il aperçut une silhouette noire tapie derrière un rocher.

— Vous et moi, marcher ensemble ? demanda-t-il au chef, tâchant d'imiter le dialecte gobelin.

Le gnoll réagit par un cri étranglé ; Drizzt crut discerner le terme « allié ».

Il acquiesça lentement, espérant avoir bien compris.

— Allié, croassa la créature.

Tous partirent à rire, et se donnèrent de grandes bourrades. Drizzt reboucla prestement sa ceinture. Il fit discrètement signe à la panthère de se poster plus loin, dans les fourrés. Trop de confiance était nuisible ; mieux valait s'assurer des intentions de ses nouveaux compagnons.

Ils cheminèrent le long des sentes montagneuses, les gnolls à respectueuse distance du Drow.

Le chef émettait des borborygmes excités auxquels Drizzt ne comprenait goutte. Mais vu son enthousiasme, le gnoll devait le mener à un véritable festin.

L'elfe devina rapidement leur destination : une petite communauté fermière de la vallée. Les relations entre les humains et les gnolls ne devaient rien avoir d'amical. Approchant du village, ils se tapirent derrière des broussailles et avancèrent à pas de velours. On était entre chien et loup ; les ombres gagnaient du terrain sur le jour. Ils parvinrent à une ferme isolée.

Le chef murmura, détachant bien les syllabes :

— Une famille : trois hommes, deux femmes, et trois jeunes mâles.

Alors Drizzt comprit le but de l'expédition ; son air surpris incita le gnoll à confirmer sa pensée :

— Ennemis.

Ne sachant rien des uns ou des autres, le Drow fut confronté à un dilemme. Les gnolls étaient des pillards - c'était parfaitement clair -, prêts à fondre sur la demeure comme des rapaces dès la nuit tombée.

Il n'avait pas l'intention de participer à ce raid tant qu'il n'aurait pas plus d'informations.

— Ennemis ?

Le front du chef se plissa de consternation. Il cracha une suite de mots où Drizzt crut reconnaître « humain... femmelettes... esclaves ».

Les autres empoignèrent nerveusement leurs armes.

— Trois hommes, dit Drizzt.

Le gnoll martela sauvagement le sol de la pointe de sa lance.

— Tuer les vieux ! Attraper deux !

— Les femmes ?

Le sourire qui tordit les lèvres bestiales fut assez éloquent.

L'elfe commençait à bien saisir le tableau.

— Et les enfants ? demanda-t-il encore, regardant le gnoll dans les yeux.

L'autre heurta le sol de sa lance, son faciès canin tordu par une joie mauvaise.

— Je ne suis pas d'accord..., dit simplement l'elfe noir, dont le regard lavande s'enflamma soudain.

Les cimeterres apparurent dans ses mains comme par magie.

Le front du gnoll se plissa sous l'effet de la confusion. Il voulut lever sa garde, ne sachant à quoi s'attendre de la part de l'elfe.

Trop tard.

Un véritable tourbillon fondit sur le géant roux ; les lames lui tranchèrent la gorge.

Le premier gnoll à réagir fut facile à éviter ; Drizzt profita de l'élan de la créature pour la catapulter, lance en avant, sur un acolyte qu'elle empala dans sa chute.

Le monstre n'eut pas un seul regard pour son compagnon qui agonisait, la gorge clouée au sol par la lance. Tout ce qu'il voulait, c'était récupérer son arme : il tordit la hampe en tous sens, cracha des malédictions à la face de l'agonisant qui souffrait mille morts... jusqu'à ce qu'un cimeterre lui fende le crâne.

Un autre, jugeant plus avisé d'attaquer à distance, leva le bras pour viser. Guenhwyvar s'abattit sur lui. Le gnoll terrassé eut beau le marteler de coups de poings, les griffes eurent raison de lui. Quand Drizzt détourna les yeux des trois morts gisant à ses pieds, les quatre derniers gnolls étaient également passés de vie à trépas entre les pattes de la panthère. Le cinquième était en fuite.

L'animal se dégagea et attendit l'ordre, muscles bandés. Drizzt regarda le carnage : le sang dégouttant de ses cimeterres, les expressions horribles des gnolls massacrés. Il aurait voulu en rester là ; il venait de se mêler involontairement à un conflit qui le dépassait.

Mais des vies d'enfants étaient en jeu.

Il se tourna vers Guenhwyvar, l'air plus déterminé que résigné :

— Attrape-le.

*
* *

Le gnoll grimpait le sentier à toute allure, roulant les yeux de côtés ; il imaginait derrière chaque tronc d'arbre une multitude d'ombres prêtes à l'égorger.

Haletant, en nage, il atteignit un bosquet niché sur un escarpement, trébucha sur du bois mort et s'écorcha à une pierre moussue. Ayant conscience d'être implacablement traqué, il sentit à peine la douleur.

De l'autre côté du bosquet, le fuyard aperçut une

paire d'yeux jaunes ; il comprit ce qui l'attendait.

Réputés pour leur couardise en temps ordinaire, les gnolls pouvaient faire preuve de pugnacité quand on les harcelait. Il lança un grognement guttural et se mit en garde.

Il entendit un bruit mat et un couinement de douleur quand la pointe de sa lance mordit quelque chose. Le regard jaune disparut dans la nuit ; une silhouette furtive, qu'il distingua clairement pour la première fois, gagna l'abri des arbres.

— Un raton laveur ! Je fuis devant un raton laveur ! s'esclaffa-t-il.

Il poussa un soupir de soulagement, sans pour autant oublier le carnage auquel il venait d'échapper. Il devait rejoindre son repaire au plus vite, et faire son rapport à Ulgulu, son gigantesque maître.

Il fit un pas pour reprendre sa lance, puis s'immobilisa ; quelque chose avait bougé derrière lui. Il tourna la tête.

Rien, pas un bruit, pas un son. Mais il y avait *quelque chose*. Sa respiration se fit heurtée, ses mains tremblèrent un peu.

Il fit volte-face et poussa un cri de rage... qui se mua en hurlement de terreur quand six cents livres de muscles noirs bondirent sur lui du haut d'une branche.

Le gnoll, doté d'une certaine force lui aussi, ignora les lacérations des griffes et tint la gueule du félin loin de son cou.

Il y parvint environ une minute, les muscles tétanisés par l'effort. Mais c'était perdu d'avance. La panthère eut le dessus ; ses crocs se refermèrent inexorablement sur la jugulaire du monstre.

Le gnoll se débattit jusqu'à la fin. Guenhwyvar ne lâcha pas sa prise fatale.

La mort vint, implacable.

CHAPITRE II

CAS DE CONSCIENCE

Drizzt repassa à l'infravision, qui permettait de distinguer les variations thermiques. Ses lames recourbées luisaient de sang chaud ; les corps déchiquetés des gnolls perdaient leur chaleur vitale.

Malgré lui, son regard se portait encore et toujours sur les cadavres.

— Qu'ai-je fait ?

En vérité, il n'en savait rien. Les gnolls avaient parlé d'étriper des enfants. Ce qui avait provoqué sa rage. Mais que savait-il de ce conflit ? Et si les humains, enfants compris, étaient des brutes ? Peut-être avaient-ils envahi et saccagé le village des gnolls. Peut-être les monstres avaient-ils voulu se venger parce qu'ils n'avaient pas d'autre choix, et qu'il fallait bien se défendre ?

Il courut loin des morts, à la recherche de Guenhwyvar, espérant l'arrêter avant qu'il exécute le fuyard. S'il parvenait à capturer l'unique rescapé, il obtiendrait peut-être les réponses qui lui manquaient.

Il se déplaçait par vives et gracieuses enjambées,

dérangeant à peine les broussailles sur son passage. Il repéra des traces et s'aperçut que le félin les avait également remarquées. Son cœur bondit dans sa poitrine quand il l'entrevit, étendu près de sa dernière victime.

— Qu'avons-nous fait, Guenhwyvar ? chuchota-t-il à l'oreille de son compagnon, en proie à une vive agitation. (Il essuya le sang de ses lames sur des feuilles d'arbre.) Ils ne m'ont pas attaqué, alors qu'ils me tenaient à leur merci dans la rivière. Et je les récompense en versant leur sang !

Drizzt fit volte-face, s'attendant presque à lire une condamnation dans le regard énigmatique, constellé de paillettes d'or vert. Mais les yeux ronds ne l'incriminaient en rien.

Il voulut protester, se noyer dans son auto-apitoiement... A quoi bon ? Si son compagnon lui avait parfois désobéi, en Ombre-Terre, c'était parce qu'il avait lui-même basculé dans de sanglantes crises de folie. Aujourd'hui, il n'y avait rien eu de tel. Guenhwyvar se remit sur ses pattes, débarrassa sa robe de jais des brindilles et des mottes de terre, et vint frotter son museau contre lui.

Peu à peu, l'elfe se détendit. Il rengaina ses cimeterres et caressa la bête.

— Leurs paroles étaient mauvaises, murmura-t-il pour se réconforter. Ils m'ont forcé la main.

Il devait s'en convaincre. Il chercha le courage de renvoyer Guenhwyvar dans son plan astral, où il devait se reposer à intervalles réguliers.

D'une patte, la panthère lui arracha la statuette d'onyx des mains. Elle se dressa sur ses antérieurs, et faillit faire tomber son ami à la renverse.

— Mon fidèle compagnon...

Guenhwyvar voulait rester près de lui, malgré sa fatigue. Il l'étreignit à bras-le-corps. Puis tous deux reprirent la route.

L'elfe ne ferma pas l'œil de la nuit. Percevant son anxiété, Guenhwyvar resta.

Aux fenêtres des fermes, les dernières bougies s'éteignirent. Le ciel d'orient rosit, puis s'empourpra. Drizzt observa la communauté fermière, tentant de comprendre son rythme de vie. Les humains étaient déjà à l'œuvre aux champs, mais il se garda d'en tirer des conclusions.

Il parvint à une décision quand le soleil éclaira les structures en bois de la ville et les champs de céréales. Il devait en savoir plus.

Il venait d'avoir la preuve qu'il ne pouvait plus rester neutre. Sa conscience l'incitait à agir. Avec si peu d'informations sur ces races inconnues, il était facile de se tromper et de nuire à des innocents.

Il reprit la statuette d'onyx sans que Guenhwyvar proteste ; la panthère s'ébattit bientôt dans son monde astral. L'elfe entama sa descente vers le village des humains - et les réponses qu'il cherchait.

Drizzt ne savait rien des hommes. Les elfes noirs ne commerçaient pas avec eux, et ne leur trouvaient aucun intérêt. On lui avait simplement recommandé, à l'Académie, d'éviter de se frotter aux sorciers de cette race, réputés pour leur témérité, heureusement tempérée par une moindre longévité.

« — Les sorciers humains, disaient les Maîtres, n'ont pas moins d'ambition que les thaumaturges drows. Mais là où un elfe peut consacrer cinq siècles à mener un projet à bien, un humain, lui, n'a devant lui que quelques décennies. »

Si tous les humains, comme leurs nécromanciens, étaient aussi ambitieux que certains elfes noirs -des fanatiques capables de passer le plus clair d'un millénaire à poursuivre leurs objectifs -, seraient-ils dévorés eux aussi jusqu'à l'hystérie par des idées fixes ? Drizzt espérait qu'il n'y avait là que des mensonges, une marchandise très répandue à l'Académie. Peut-être les humains se fixaient-ils des buts dans les limites du raisonnable, savourant joies et satisfactions autant que leur courte existence le leur offrait.

Il choisit d'observer la fermette qu'il avait sauvée des pillards gnolls. C'était une structure de rondins longue et basse, à la porte et aux fenêtres protégées par des volets. Une galerie à ciel ouvert courait le long de la façade centrale, flanquée d'une étable. Des enclos, de matériaux et de tailles variables, enfermaient poulets et cochons, une chèvre et même des espèces végétales à larges feuilles que Drizzt ne reconnut pas.

Des champs entouraient la cour sur trois côtés ; à l'arrière, la maison s'adossait à la montagne. Drizzt se percha sur le rocher qui lui offrait le plus grand angle de vision sur la cour et les champs environnants.

Trois adultes - de trois générations différentes - travaillaient la terre. Plus près, trois garçonnets et une adolescente vaquaient à leurs tâches, s'occupant des poules et des cochons ou arrachant les mauvaises herbes. Ils échangèrent peu de mots durant la matinée. L'elfe n'apprit rien de leurs relations familiales.

Quand une femme plantureuse, aux mêmes cheveux couleur blond paille que sa progéniture, apparut sur le seuil et fit sonner une cloche, les trois garçons accoururent avec des cris de joie. Ils bombardèrent leur sœur de légumes pourris au passage.

Prélude à une sérieuse bagarre ? se demanda l'elfe. Mais l'instant suivant, la jeune fille leur rendait la monnaie de leur pièce au milieu d'éclats de rires.

Le plus jeune des hommes - sans doute leur frère aîné - accourut, une binette en main. La jeune fille cria des encouragements à son nouvel allié ; les trois garçons prirent leurs jambes à leur cou. L'homme attrapa un des diablotins, le moins rapide, et le balança dans l'auge aux cochons.

Sur le seuil, la femme secoua la tête, se perdant en grognements. Une femme plus âgée, aux cheveux grisonnants, sèche comme une trique, apparut à son tour ; elle agitait une cuillère en bois d'un air menaçant. Les enfants se présentèrent pour le repas, le dernier tout couvert de boue. La cuillère en bois, brandie par la vieille, le dissuada d'entrer.

Les deux derniers hommes revinrent des champs. Ils se saisirent du garçonnet, qui se débattit furieusement, pour le jeter derechef dans l'auge aux cochons, sous les applaudissements du reste de la famille. L'enfant aspergea d'eau croupie le groin d'une truie venue l'examiner.

Drizzt observa la scène avec stupéfaction. Encore rien de probant, mais l'air enjoué des membres de cette famille était encourageant. Même le perdant du jeu réagissait plutôt bien. Une véritable entente unissait ces humains. Si cette ferme était typique, le village devenait comparable à Blingdenstone, la cité des gnomes des profondeurs, amis du Drow.

L'après-midi se déroula de manière identique, mélange de jeux, de rires et de travail. Tôt dans la soirée, les humains se retirèrent pour se reposer, et Drizzt retourna dans la montagne, méditer sur ce qu'il avait vu. Il dormit mieux cette nuit-là, libéré des derniers doutes qui l'avaient tourmenté à propos des gnolls.

*
* *

Durant trois jours, le Drow continua d'observer la famille. L'harmonie des humains devenait de plus en plus manifeste. Les bagarres sérieuses entre les gamins étaient très vite circonvenues par les adultes les plus proches. Cinq minutes après, plus personne n'y pensait.

Le jeune renégat n'eut plus aucun doute. Si des gnolls, des gobelins ou autres essayaient de fondre sur cette paisible communauté pour piller, violer et étriper, il leur faudrait d'abord affronter les lames de Drizzt Do'Urden.

Il savait les risques qu'il prenait en continuant d'observer de la sorte. Si on le remarquait..., les fermiers paniqueraient. Il était déterminé à courir ce risque. Une partie de lui *espérait* même qu'il serait découvert.

Le quatrième jour, un peu avant l'aurore, l'elfe fit sa ronde habituelle autour de la petite ferme. Ensuite, il s'assit confortablement sur son rocher ; le ciel était radieux.

Moins d'une heure plus tard, le fils cadet, le plus turbulent, avança dans sa direction.

Le Drow sauta au sol et se glissa derrière un arbre. Mais le gamin ne l'avait pas vu. Il s'éloigna vers les collines en sifflotant. L'elfe comprit qu'il se défilait pour échapper aux corvées. D'apparence délicate et frêle, une dizaine d'années au plus, l'enfant au regard bleu plein d'innocence ignorait les dangers qui le guettaient. Personne ne le suivait. L'elfe le pista discrètement, déterminé à voler à son secours au premier signe suspect.

L'enfant se dirigeait vers les montagnes. Au bout d'un moment, les sifflements cessèrent.

Inquiet, Drizzt tira sa figurine d'onyx et invoqua Guenhwyvar.

Quand un cri retentit, il dégaina ses cimeterres. Si les paroles angoissées de l'enfant n'avait aucun sens pour lui, le ton était assez éloquent.

Il appela sa panthère puis, sans attendre, s'élança.

La piste s'arrêtait sur les lèvres d'une crevasse profonde et large, dotée d'un rondin en guise de pont. L'enfant s'y agrippait, près de la berge opposée. Ses yeux s'écarquillèrent à l'apparition d'un elfe à la peau d'ébène. Il bafouilla quelques mots incompréhensibles.

Drizzt se sentit envahi par le remords ; s'il ne s'était pas senti suivi, jamais le gosse ne se serait risqué sur ce pont de fortune. S'il tombait, il serait déchiqueté par les rocailles. L'elfe hésita, face aux inévitables conséquences de cette rencontre. Mais il fallait agir. Il remit ses cimeterres au fourreau, croisa les bras en signe de paix, et avança d'un pas sur le « pont. »

L'enfant réagit aussitôt. Il se rétablit d'un bond, gagna l'autre berge et fit basculer le rondin dans le vide. Drizzt n'eut que le temps de sauter sur la terre ferme. Le gamin avait joué la comédie pour obliger l'ennemi à se découvrir. S'il s'était agi d'un membre de sa famille, comme il l'avait cru, le danger aurait suffi à lui épargner une punition trop sévère.

L'elfe chercha un moyen d'expliquer sa présence. Terrorisé, le gosse s'engouffra par un chemin latéral qu'il devait bien connaître.

Guenhwyvar bondit et enjamba le précipice d'un bond, pour se lancer à sa poursuite.

En désespoir de cause, le Drow prit son élan et fit appel à ses dons de lévitation pour franchir la gorge, soulagé de n'avoir pas perdu la totalité de ses pouvoirs.

Un peu plus tard, il retrouva son fidèle félin, une patte posée sur l'enfant qu'il maintenait cloué au sol, sans lui faire de mal.

— Allons, Guenhwyvar, dit-il calmement, laisse-le tranquille.

La panthère bâilla à s'en décrocher les mâchoires, et obéit.

Le garçon resta un instant immobile, avant de trouver le courage de bondir sur ses pieds et d'affronter l'elfe noir et sa panthère.

— Qui êtes-vous ? demanda-t-il, les yeux ronds de terreur.

Drizzt leva les bras, en signe d'incompréhension. Impulsivement, il pointa un doigt sur sa poitrine et dit :

— Drizzt Do'Urden.

L'enfant reculait imperceptiblement, un petit pas en arrière, puis un autre. L'elfe retint le félin quand il fit soudain volte-face et se mit à courir en hurlant à tue-tête :

— Au secours ! Au secours ! Un drizzit !

Drizzt regarda sa panthère et haussa les épaules.

Le Drow aurait juré que Guenhwyvar, lui aussi, avait haussé les épaules.

CHAPITRE III

LES « PETITS MORVEUX »

En proie à la terreur, Nathak, un gobelin aux bras grêles, dévalait une pente abrupte. Il avait un rapport à faire - huit gnolls morts n'étaient pas une mince affaire - et l'infortuné messager se doutait que ni Ulgulu, ni Kempfana ne prendrait la nouvelle avec calme. Fuir à l'autre bout de ces montagnes ne le sauverait pas de la vengeance d'Ulgulu, ce géant à la peau pourpre capable de déraciner un arbre d'une main, de déloger d'une autre un roc de la falaise... et d'égorger un gobelin déserteur.

— Il était temps que tu te ramènes, persifla un gobelin en l'accueillant. Tu es parti deux jours !

— Ulgulu est là ? demanda Nathak d'une voix geignarde.

Les deux gardes échangèrent un regard. Ils devinaient la nature du problème.

— Il a trouvé les gnolls... Morts.

— Ulgulu ne sera pas heureux...

Ils soulevèrent la tenture qui séparait l'entrée de la grotte de la salle d'audience.

Nathak hésita. Peut-être la fuite serait-elle préférable... Les gardes l'agrippèrent sans ménagement et le poussèrent, croisant leurs lances dans son dos.

Il parvint à se ressaisir en voyant trôner Kempfana au lieu d'Ulgulu. Kempfana était le plus calme des deux frères, même s'il lui était arrivé de dévorer quelques-uns de ses soldats, histoire de gagner le respect de ses troupes. C'est à peine si le géant remarqua l'arrivée du messager ; il discutait avec un autre monstre des collines, Traîne-Séant, précédent propriétaire du réseau de cavernes.

— Oui, Nathak, dit enfin le gobelin géant à peau rouge. Qu'as-tu à dire ?

— Moi... moi, bafouilla le messager.

Les yeux du géant prirent une teinte orangée, signe caractéristique d'agitation dangereuse.

— J'ai trouvé les gnolls ! Morts. Tués !

Traîne-Séant se mit à gronder ; Kempfana lui agrippa le bras pour lui rappeler qui était le chef.

Il déplorait la disparition des esclaves ; la réaction de son frère ne se fit pas attendre. Un beuglement à ébranler les murs retentit à cet instant :

— *Morts* !

Les trois comparses rentrèrent instinctivement la tête dans les épaules, tandis que l'immense créature faisait son entrée, les yeux flamboyants de rage. Traîne-Séant parut soudain insignifiant et vulnérable.

Comme sa tribu de gobelins avait fondu, décimée par les humains du village, ou dévorée par Ulgulu lui-même lors d'accès de rage, la bande de gnolls était devenue la force de frappe principale des géants.

Ulgulu darda un regard noir sur son frère. Les deux « petits morveux » étaient arrivés ensemble dans le plan matériel pour grandir. Ulgulu avait vite pris le dessus, se réservant les victimes les plus dodues, ce qui lui avait permis de gagner rapidement en taille et en volume. Le morveux, à ce stade de maturité, devrait bientôt pouvoir retourner en Enfer.

Très bientôt, espérait Kempfana. Ulgulu parti, ce serait à son tour de régner, avant de retourner se mesurer aux autres barghests dans son véritable plan d'existence.

— Morts ! gronda de nouveau le géant. Debout, misérable gobelin, et dis-moi comment ! Qui a fait ça ?

Nathak rampa, puis trouva la force de se hisser sur les genoux.

— Je ne sais pas, geignit-il. Les gnolls sont morts, étripés, déchiquetés.

Cette bande avait reçu ordre d'attaquer une ferme, et d'en ramener le fermier et son fils aîné. Manger ces deux solides gaillards l'aurait encore fait gagner en taille et en poids, peut-être assez pour retourner en Enfer.

A présent, il lui faudrait y aller lui-même, ou dépêcher Traîne-Séant, au risque de lancer les humains dans une contre-offensive désespérée et dangereuse.

— Tephanis ! appela-t-il soudain.

Un farfadet déboula littéralement du mur, se désolidarisant d'une grosse pierre qui lui servait de lit. Il fonça à travers la pièce pour venir se jucher sur les immenses épaules du géant.

— Tu-m'as-appelé, oui-oui-tu-m'as-appelé, mon-maître, bourdonna le petit être, haut d'une cinquantaine de centimètres.

Ulgulu partit d'un rire tonitruant ; il adorait Tephanis, son serviteur favori. C'était un *diligent*, un farfadet qui évoluait dans une dimension transcendant le temps. Dotés d'une énergie sans limites et d'une agilité à faire pâlir le plus fieffé voleur, les *diligents* s'acquittaient de tâches hors de portée des autres races. Le géant avait lié amitié avec Tephanis dès son arrivée ; le farfadet était le seul serviteur qu'il n'ait pas réduit en esclavage. Cette association fort utile avait donné au jeune ogre un net ascendant sur les autres. Grâce aux indications de Tephanis, Ulgulu choisissait en connaissance de cause les prochaines victimes à intégrer dans son menu. Il avait également entre les mains toutes les armes pour venir à bout d'aventuriers plus puissants que lui.

— Cher Tephanis, ronronna-t-il d'une voix grinçante, Nathak - ce pauvre Nathak... (le gobelin prostré frissonna)... m'informe que mes gnolls ont été victimes d'un désastre.

— Et-tu-désires-que-j'aille-m'enquérir-de-ce-qui-leur-est-arrivé.

Ulgulu eut besoin d'un moment pour comprendre le chapelet de mots égrenés à toute allure, puis il approuva vigoureusement.

— Tout-de-suite, mon-maître. Bientôt-de-retour.

Le géant sentit un courant d'air sur son épaule ; l'instant suivant, la tenture retombait dans sa position initiale. Un garde pointa la tête, pour voir si l'un des géants avait besoin de quelque chose, puis il reprit son poste.

Kempfana haïssait le farfadet ; il l'aurait volontiers tué, n'était-ce Ulgulu, et l'idée que le *diligent* pourrait lui être utile, à lui aussi.

Nathak tenta de s'éclipser...

— Ton rapport m'a bien servi, tonna le géant. (Le gobelin se détendit ; une énorme main s'abattit sur lui et le souleva comme un fétu de paille.) Mais il m'aurait mieux servi si tu avais pris le temps de découvrir ce qui est arrivé à mes gnolls !

A moitié étranglé, Nathak faillit s'évanouir ; quand le géant l'enfourna dans sa gueule tête la première, le malheureux aurait tout donné pour être déjà mort.

*
* *

La porte de la remise s'entrouvrit sur Shawno, et sur Eleni, l'unique fille, occupée à soigner le douloureux séant de leur petit frère Liam.

— Tu as gagné le gros lot cette fois, dit-elle d'une voix grondeuse. Il est déjà assez moche que tu te sois défilé quand il y avait du boulot à la maison, mais revenir en plus avec des contes à dormir debout !

— Le drizzit était bien vivant ! protesta le gosse, irrité des remontrances de sa grande sœur, après les sermons de leurs parents. Noir comme l'enclume de Connor, et avec un lion aussi noir que lui !

— Assez, vous deux ! avertit Shawno. Si papa nous entend bavasser comme ça, il va nous caresser l'échine de son fouet !

— Drizzit..., marmonna Eleni.

— C'est vrai ! protesta Liam d'une voix trop forte, ce qui lui valut une gifle de son frère.

Tous trois sursautèrent, blêmes, quand la porte s'ouvrit toute grande.

— Entre vite ! souffla Eleni à Flanny, le troisième frère.

Shawno passa la tête dehors pour s'assurer que personne ne l'avait suivi, et referma soigneusement la porte.

— Tu n'as pas honte de nous espionner ! s'indigna Eleni.

— Comment voulais-tu que je sache que vous étiez là ? Je voulais juste taquiner le petit dernier !

— Le drizzit était bien réel, protesta à nouveau Liam Poil-de-Chardon. Je peux le prouver - si vous n'êtes pas des poules mouillées !

Ses trois frères et sœur le regardèrent avec une curiosité piquée au vif. Blagueur, il l'était, mais quel intérêt avait-il à insister comme ça ? Leur père ne l'avait pas cru, et il lui avait administré une belle raclée. Mais le petit n'en démordait pas.

— Comment ça ? demanda Flanny.

— On n'a pas de corvées demain, dit Liam. On ira cueillir des myrtilles dans les montagnes.

— Maman et papa ne nous permettront jamais d'y aller, intervint Eleni.

— Sauf s'ils nous laissent emmener Connor, dit Liam.

Il s'agissait de leur frère aîné.

— Connor ne te croirait pas, contra Eleni.

— Mais il te croirait, toi ! s'emporta Liam, s'attirant un nouveau « chut ! » collectif.

— Je ne te crois pas, rétorqua sa sœur. Il faut toujours que tu inventes, que tu sèmes le désordre, et que tu mentes pour t'en sortir !

Liam croisa ses petits bras et frappa du pied le sol de la remise, exaspéré par la logique de sa grande sœur.

— Tu me croiras, grogna-t-il, si Connor vient avec nous.

— Oui, demande-lui, supplia Flanny.

Souriant, Liam entreprit de tracer un plan dans la sciure. Son idée était simple : utiliser Eleni comme appât. Elle simulerait une entorse ou quelque autre blessure, pendant que ses frères resteraient embusqués près de là. Avec une aussi jolie fille, le drizzit ne manquerait pas de se trahir !

Eleni était peu enthousiaste à l'idée de jouer le rôle du ver de terre piqué à l'hameçon.

— Je le ferai, je le ferai ! s'emporta-t-elle. Mais je ne crois pas à tes histoires de drizzit, Liam Poil-de-Chardon ! Si le lion est vrai, et qu'il me mord les fesses, je te tannerai le cuir pour de bon, tu peux me croire !

Elle sortit en trombe, furieuse.

Les trois frères, y compris le prudent Flanny, crachèrent dans la paume de leurs mains et conclurent le pacte en les accolant. Tous leurs petits différends disparaissaient comme par magie dès qu'ils trouvaient moyen de tracasser leur sœur.

Personne ne souffla mot à Connor du véritable but de l'expédition. Eleni se contenta de lui rappeler tout ce qu'il lui devait, et lui promit d'effacer cette ardoise de sa mémoire en échange d'une seule excursion en montagne (mais seulement après que Liam eut promis d'endosser les dettes de son grand frère si le drizzit ne montrait pas le bout de son nez).

Grommelant et pestant, Connor acquiesça, vaincu comme toujours par les beaux yeux bleus de sa sœur, ses battements de cils et son sourire épanoui. Sans parler de la promesse de la jeune fille de ne plus reparler de ses dettes. Avec la bénédiction parentale, Connor, une épée rudimentaire à la ceinture, mena les enfants Poil-de-Chardon dans les montagnes avoisinantes, paniers aux bras.

*
* *

Drizzt perça la ruse à jour bien avant que la jeune fille s'éloigne, seule, pendant que ses quatre frères s'embusquaient à l'ombre d'un bosquet d'érables. Le gamin entêté voulait décidément prouver son incroyable histoire.

Eleni tomba brusquement au milieu du champ de myrtilles, criant le même mot que son cadet. Cela signifiait sans doute « au secours ! ». Drizzt ne put s'empêcher de sourire. A la façon ridicule dont elle s'était laissée choir, son jeu était clair...

Il était sur le point de tourner les talons quand un élan irrésistible le fit s'arrêter, hésiter... La jeune fille massait ses chevilles, jetant des coups d'œil nerveux vers ses frères. Depuis combien de temps supportait-il cette solitude ? Belwar, le gnome dont il avait gagné l'amitié à Blingdenstone, lui manquait terriblement. Zaknafein, son père et son ami, plus encore. Le spectacle du bonheur familial de ces humains était plus qu'il n'en pouvait supporter.

Le temps était venu pour Drizzt de faire connaissance avec ses voisins.

Il bondit dans la clairière, espérant trouver le moyen de communiquer avec la jeune fille avant qu'elle panique. Un bien mince espoir.

— Le drizzit..., s'étrangla-t-elle, affolée.

— Le drizzit ! Le drizzit ! s'écria Liam à son tour, tandis que ses frères arboraient des expressions de stupeur et de terreur, surtout Connor.

Ses plus jeunes frères, eux, n'avaient jamais entendu parler des terribles Drows.

Drizzt fit halte à une douzaine de pas de la jeune fille paralysée de frayeur : la première humaine qu'il voyait de près. Eleni était très jolie. D'immenses yeux lui dévoraient le visage, de riantes fossettes soulignaient son beau teint de pêche. L'elfe sourit et croisa doucement les bras.

— Drizzt, expliqua-t-il

Il pointa un doigt sur sa propre poitrine.

Il se tourna, percevant un mouvement à la périphérie de sa vision.

— Cours, Eleni ! cria Connor Poil-de-Chardon, brandissant sa grossière épée. C'est un elfe noir ! Un Drow ! Sauve-toi ! Cours !

Il comprit le mot « Drow ». Il ne lui fallait pas plus ; l'attitude du jeune homme était éloquente. Eleni se releva et se plaça derrière son frère, sans fuir. Elle ne le laisserait pas seul face à un ennemi.

— Va-t'en, elfe noir, gronda Connor. Je sais me battre à l'épée, et je suis plus fort que toi !

Drizzt écarta les bras, en signe d'incompréhension, puis, sur une impulsion, tenta de répondre dans le code gestuel de son espèce.

— Il nous jette un sort ! s'écria Eleni, qui plongea à plat ventre au milieu des myrtilles.

Avec un cri grinçant, son frère chargea.

L'elfe l'attrapa par l'avant-bras et fit voler dans les airs son épée rudimentaire. Il la rattrapa et la lui tendit, garde en avant.

Il écarta de nouveau les bras, avec un grand sourire. Selon les coutumes drows, une telle démonstration de supériorité, sans blesser l'autre, indiquait le désir de gagner son amitié.

L'éblouissante manœuvre inspira davantage de terreur au fils aîné du fermier Bartholomew Poil-de-Chardon.

Bouche bée, les doigts gourds, Connor était paralysé.

Un cri monta derrière lui ; il cria à son tour, retrouva la force de bouger et agrippa sa sœur. Toute la marmaille évacua le petit champ de baies sauvages avec force cris.

Drizzt resta seul, sourire évanoui de ses lèvres, les bras en croix, tout penaud au milieu des myrtilles.

*
* *

Des yeux vifs n'avaient rien perdu de la scène. L'apparition inattendue d'un elfe noir apportait bien des réponses à l'énigme des gnolls, dont les plaies n'avaient pu être causées par les armes défensives des fermiers de la région.

Tephanis ne se déplaçait jamais en droite ligne, mais doublait, triplait même la longueur de ses périples. La distance n'était jamais un problème pour un *diligent*. Avant que l'elfe reparte, le farfadet était déjà juché sur les épaules du géant à peau rouge, lui débitant son rapport à toute allure.

CHAPITRE IV

TRACAS

Le fermier Bartholomew Poil-de-Chardon dut considérablement revoir ses positions quand son fils aîné se mit à son tour à parler d'un elfe noir nommé « drizzit ». Poil-de-Chardon vivait depuis quarante-cinq ans à Maldobar, un village situé à une soixantaine de kilomètres en amont du fleuve de l'Orc Mort. Son père y avait vécu avant lui, et le père de son père. La seule fois où on avait entendu parler d'un raid drow, ç'avait été lors du massacre d'un camp d'elfes blancs, à Coldwood... dix ans plus tôt.

Ça ne l'empêchait pas d'éprouver une peur rétrospective pour ses enfants. Connor et Eleni étaient assez grands et responsables pour ne plus raconter de calembredaines.

— La seule chose qui m'échappe, dit Bart à Benson Delmo, le jovial maire de Maldobar, et aux fermiers réunis pour la circonstance cette nuit-là, c'est pourquoi ce Drow a laissé filer mes gosses sans leur faire de mal. D'après le peu que je sais, il aurait dû les tuer.

— J'ai mes doutes sur cet ennemi ! intervint Roddy McGristle, un homme trapu et velu comme un ours, le combattant le plus chevronné du groupe.

McGristle passait plus de temps dans les montagnes qu'à s'occuper de sa ferme, une activité qui l'ennuyait. Chaque fois qu'on offrait une récompense pour rapporter des oreilles d'orcs, il était le premier à partir en chasse. Il récoltait souvent plus de pièces que les autres villageois réunis.

— Rassieds-toi, intima Roddy à Connor, qui se levait pour protester violemment contre ces soupçons. Je te crois, mon gars. Mais tu parles d'un Drow, et tu n'imagines pas ce que ça peut signifier. Si c'était vrai, vous seriez tous étendus raides morts dans ce champ de myrtilles. C'est pas un Drow, pour sûr, que tu as vu. Quelque chose ou quelqu'un qui ressemblait à ça, voilà tout... Un gobelin, un troll, ou un elfe des forêts qui serait resté un peu trop sous le soleil !

Il partit d'un grand éclat de rire, comme s'il se moquait des mines soucieuses autour de lui.

— Comment en avoir le cœur net, alors ? s'inquiéta Delmo.

— Retrouvons-le, proposa Roddy. Demain matin, allons en reconnaissance.

Il partit avec un large sourire qui découvrait des mâchoires presque édentées.

Les fermiers n'étaient guère rassurés.

— Laissons d'abord faire McGristle avant d'en appeler à des gardes forestiers. Si quelqu'un peut savoir ce qui se passe dans ces montagnes, c'est bien lui. (Plein de tact, il se tourna vers Connor :) Je crois ton histoire, mon garçon. Vraiment. Mais nous devons en avoir le cœur net, avant de quérir l'aide de quelqu'un d'aussi remarquable que la sœur d'une Dame de Sylverymoon.

Tous repartirent dans la nuit, laissant la famille

Poil-de-Chardon seule.

*
* *

Dans les montagnes qui surplombaient la vallée, Ulgulu et Kempfana s'inquiétaient également à propos d'un certain elfe noir...

— Si c'est un Drow, c'est aussi un aventurier expérimenté, avança le plus jeune. Assez chevronné, peut-être, pour faire gagner Ulgulu en maturité.

— Et retourner en Enfer ! acheva l'interpellé à la place de son rusé petit frère. Tu as tellement hâte de me voir tourner les talons !

— Toi aussi, tu as hâte de retourner dans les crevasses de notre monde !

Ulgulu se contenta de grogner. Les barghests, à l'instar de la plupart des créatures intelligentes, n'ignoraient pas les méfaits des Drows. Un seul représentant de l'espèce ne devait pas poser de problèmes insurmontables, mais Ulgulu savait qu'une bande organisée serait une véritable calamité. Les ogres n'étaient pas invulnérables. Le village des humains avait été un vivier bien pratique ; la brutale apparition de Drows mettrait un terme à cette belle vie en un rien de temps.

— Tephanis ! s'écria-t-il.

Le farfadet était juché sur son épaule avant qu'il ait fini de prononcer son nom.

— Tu-as-besoin-que-j'aille-tuer-l'elfe-noir, mon-maître. Je-comprends-ce-que-tu-veux-que-je-fasse.

— Non ! hurla le géant.

Le farfadet, presque sorti, revint sur son perchoir avant que l'écho du cri meure.

— Non, reprit-il, plus calme. L'apparence physique de ce Drow pourrait nous être utile.

Kempfana interpréta correctement le mauvais sourire de son frère.

— Un nouvel ennemi pour les gens de la ville, devina-t-il. Pour couvrir les crimes d'Ulgulu ?

— Toute chose peut avoir ses bons côtés, répondit le barghest. *Même* un elfe noir !

— Tu-veux-en-savoir-plus-sur-lui, oui-mon-maître, bafouilla Tephanis, tout excité.

— Est-il seul ? Est-ce un éclaireur ou un guerrier solitaire ? Quelles sont ses intentions envers les citadins ?

— Il-aurait-pu-tuer-les-enfants, répéta le farfadet. Je-crois-qu'il-cherche-l'amitié.

— Je sais ! s'impatienta Ulgulu. Tu l'as déjà dit. Va et tâche d'en apprendre plus ! Pour autant qu'on sache, les actes des Drows sont rarement clairs ! (Tephanis glissa à terre, attendant d'autres instructions.) Cher Tephanis, vois aussi si tu peux t'emparer d'une de ses armes. Ce serait très...

Il s'arrêta en remarquant que la tenture avait bougé...

— Quel excité de petit farfadet, observa Kempfana.

— Mais bien utile.

*
* *

Drizzt les vit arriver à plus d'un kilomètre : dix fermiers en armes, conduits par le jeune homme de la veille. A leur côté, un homme à la mine grise, trapu, enveloppé d'épaisses fourrures, conduisait deux dogues jaunâtres au bout de solides chaînes.

Il aurait voulu communiquer avec eux, savoir si ces terres pourraient bientôt l'accueillir. Mais ce n'était pas le moment. Si ces villageois le trouvaient, il y aurait du grabuge. Il risquait d'en blesser certains.

Guenhwyvar serait le moyen idéal de détourner leur attention.

Sur sa droite, un bourdonnement suivi d'un bruissement de feuilles, l'intrigua. Mais rien n'apparut. Drizzt revint à ses préoccupations immédiates.

Son plan était simple : entraîner les chasseurs improvisés dans une traque futile. La panthère noire jetterait des doutes sur le récit du garçon. On penserait qu'il avait remplacé l'animal par un elfe, pour impressionner son monde.

Détendu, riant et bavardant, le groupe parvint au milieu du champ de myrtilles. Drizzt observa la reconstitution des faits. Le maître des chiens, muni d'une grande hache, incitait ses bêtes à renifler une piste. Drizzt n'avait jamais vu de chiens, mais il savait que les créatures utilisées dans les chasses possédaient des sens supérieurs.

Mieux valait ne pas traîner.

Sur les indications de l'elfe, Guenhwyvar prit place, derrière l'arbre où s'étaient dissimulés les enfants. Son brusque feulement fit tourner toutes les têtes vers lui. Il bondit au milieu des humains saisis de stupeur et disparut vers les hautes montagnes. Avec des cris de rage, le groupe se mit en devoir de le poursuivre.

Drizzt, resté en retrait, crut entendre de nouveau un curieux bourdonnement. Il l'attribua à des insectes.

*
* *

Il ne fallut pas longtemps à Roddy McGristle pour comprendre qu'ils ne rattraperaient jamais le félin. Il proposa aux autres de rabattre leur proie vers lui, et partit de son côté. Il avait une idée derrière la tête.

Cela faisait trente ans qu'il écumait les montagnes, et il n'avait jamais vu, ni entendu parler d'une telle bête. Elle semblait les éloigner du village à dessein, alors qu'elle aurait pu distancer facilement les balourds d'humains. Roddy savait reconnaître une diversion quand il en voyait une ; il musela ses chiens et rebroussa chemin vers le champ de myrtilles.

*
* *

Adossé à un arbre, Drizzt réfléchissait ; comment convaincre les fermiers de ses bonnes intentions, et trouver la paix parmi eux ?

Un bourdonnement suspect l'alerta. Il se mit en garde. Quelque chose d'incroyablement rapide le blessa au poignet, lui arrachant un cimeterre. Désorienté, il baissa les yeux, s'attendant à voir son poignet transpercé d'une flèche ou d'un carreau.

Il n'y avait rien.

Un rire aigu sur sa droite... Un farfadet le toisait, un cimeterre crânement passé en bandoulière, traînant presque à terre, et une dague rouge de sang en main.

Drizzt resta parfaitement immobile. Il n'avait jamais vu de *diligent*, ni même entendu parler de ces étonnantes créatures. C'est alors qu'un nouveau danger surgit.

Son cri de douleur l'avait trahi.

Le premier chien fondit sur lui.

Cette fois l'elfe fut plus rapide.

Il décapita la bête de son second cimeterre. Reculant aussitôt, il pointa la lame contre le deuxième chien. Dos au tronc d'arbre, bras contre l'écorce, son arme encaissa l'impact du molosse qui s'empala jusqu'à la poitrine. Le terrible choc arracha la lame des mains de Drizzt. La bête roula de côté, morte.

Roddy McGristle surgit à son tour.

— Tu as tué mes chiens ! rugit-il, au comble de la rage.

Il lança sa hache à la tête du Drow, qui parvint à l'esquiver.

Blessé, sans arme, l'elfe était réduit à esquiver. Il évita d'un rien un coup à l'estomac, et tenta d'atteindre un bosquet où son agilité supérieure prévaudrait. Il fallait fatiguer l'humain fou furieux.

Drizzt se rendit compte que l'homme trapu aurait du mal à le suivre dans le sous-bois, mais que sa hache n'aurait aucune difficulté à tailler à travers branches et feuillages.

Il dut se jeter à plat ventre pour éviter un coup mortel, qui abattit un jeune érable. En tombant, l'arbre cloua le chasseur au sol entre ses branches, et lui arracha une oreille.

L'elfe récupéra son cimeterre dans le cadavre du chien, et s'éloigna en claudiquant.

Enragé, McGristle continua à l'invectiver.

Drizzt s'en fut, cherchant du regard le farfadet qui avait causé tout cela.

CHAPITRE V

LA CHASSE INFERNALE

Les gardes gobelins plongèrent de côté au moment où Ulgulu déchirait la tenture en sortant dans la nuit glacée. L'air frais lui fit du bien. Il tenait en main le cimeterre.

Il le laissa tomber machinalement. Il aurait adoré déchiqueter des victimes à belles dents, boire leur essence vitale goulûment. Mais il fut assez intelligent pour juguler ses instincts. Cette nuit serait différente des autres : elle lui permettrait d'éliminer la menace née de l'arrivée inattendue d'un Drow.

Avec un grondement guttural, il ramassa la petite lame, et couvrit d'immenses distances en quelques enjambées. Il s'arrêta au bord d'un précipice.

La piste était dangereuse.

Mais Ulgulu avait faim.

Il fit appel à son énergie magique. Les créatures venues d'autres plans d'existence apportaient avec elles des pouvoirs qui semblaient surnaturels aux autochtones. Ses yeux luisaient d'un voile orangé quand il émergea de sa transe. Il visualisa un point

49

précis à environ cinq cents mètres.

Une porte aux reflets chatoyants se matérialisa près des lèvres du précipice. Eclatant d'un rire semblable à un roulement de tonnerre, il franchit la porte surnaturelle pour atteindre le point visualisé. D'un simple pas extradimensionnel, il avait franchi le gouffre.

Il courut vers le village en ruminant les sombres mécanismes de son plan.

Il s'arrêta une dernière fois pour faire appel à ses pouvoirs. Il fut parcouru de violentes convulsions, émit d'incompréhensibles gargouillis tandis que ses os grinçaient, que sa peau se ridait et se reformait, prenant une teinte presque ébène.

Quand Ulgulu se remit en marche, ses enjambées - celles d'un elfe noir -, n'étaient plus si longues.

*
* *

Cette nuit-là, dans la cuisine de la ferme isolée, Bartholomew Poil-de-Chardon, son père Markhe et son fils aîné veillaient. Sa mère et son épouse étaient parties s'occuper du bétail dans l'étable. Les enfants dormaient.

On avait repéré un Drow dans la région.

Soudain les hommes entendirent du bois craquer à l'extérieur, un cri étouffé.

Connor réagit le premier. Il courut ouvrir la porte. Un silence de mort régnait dans la cour ; la lune basse, dans la nuit étoilée, plaquait au sol de longues ombres inquiétantes...

La porte de l'étable s'entrouvrit, dévoilant un elfe noir.

Connor referma la porte, s'appuyant contre elle, pris d'une terrible émotion :

— Maman... Drow.

Les Poil-de-Chardon père et fils hésitèrent, leur imagination livrée à d'horribles visions. Ils bondirent en même temps de leur chaise, libérant Connor de sa paralysie. Ils s'armèrent et s'apprêtèrent à sortir en force.

En rouvrant la porte, Connor heurta de plein fouet l'intrus qui n'avait de drow que l'apparence. La violence du choc le rejeta en arrière. Avant que les autres aient pu esquisser un geste, Ulgulu lui avait fendu le crâne d'un coup de cimeterre géant, manquant l'ouvrir en deux comme une noix.

Puis il infligea au grand-père une telle vague psychique de terreur et de désespoir que Markhe retomba en arrière, la bouche crispée en un hurlement silencieux.

Bartholomew Poil-de-Chardon chargea, la haine au cœur, celui qui venait de massacrer son fils sous ses yeux.

D'une main, l'elfe bloqua la faux, percutant l'abdomen du fermier avec le manche. Il le souleva par son arme et lui fracassa le crâne au plafond, avant de le jeter négligemment de côté.

Il se tourna vers le vieil homme, ouvrant grand la bouche pour se délecter de ses forces vitales, comme il venait de le faire avec la jeune femme dans l'étable. Sitôt l'extase passée, le géant avait regretté son geste. Ses facultés de raisonnement l'emportèrent sur ses instincts. Avec un grondement de frustration, il passa le cimeterre au travers de la poitrine du vieil homme, mettant un terme à son agonie.

Il jeta un dernier coup d'œil sur le théâtre de ses crimes, déçu de ne pouvoir se repaître de ces corps jeunes et forts. Mais il se rappela son plan.

C'est alors qu'un cri étouffé l'attira vers la chambre des enfants.

*
* *

A pas hésitants, Drizzt redescendit des montagnes le jour suivant. Son poignet blessé lui faisait mal, mais la plaie ne suppurait pas et guérirait vite.

Il se tapit à l'ombre de son rocher habituel, décidé à tenter une nouvelle fois de communiquer avec les enfants. Il souffrait de la solitude depuis trop longtemps pour abandonner maintenant. S'il parvenait à passer la barrière des préjugés, incarnés par l'homme aux chiens de chasse, il ferait son foyer de ces terres.

De son poste d'observation, l'elfe ne voyait pas les portes de l'étable qui avaient volé en éclats ; tout paraissait normal.

Les hommes ne firent pas leur apparition en même temps que le soleil. Les animaux s'agitèrent un peu : la maison restait silencieuse. La réunion de la veille les avaient peut-être incités à chercher refuge au cœur de l'agglomération.

Drizzt eut le cœur lourd ; sa seule présence avait suffi à perturber la vie de ces gens... Etait-il condamné à semer le trouble ?

Le jour était radieux, mais une brise fraîche soufflait des montagnes. Et toujours pas âme qui vive. Sa tension augmenta.

Un bourdonnement familier le tira de ses ruminations. Dégainant son cimeterre, il jeta un coup d'œil à la ronde. Il aurait voulu Guenhwyvar à ses côtés, mais la panthère avait besoin d'un jour entier de repos.

Le bourdonnement cessa. Aucune trace du farfadet.

Il passa le restant du jour à tendre des fils invisibles entre arbres et fourrés, à creuser des trappes. Cette fois, le diablotin ne l'emporterait pas au paradis.

Le ciel embrasé du soir ramena son attention sur les Poil-de-Chardon. Aucune bougie ne brillait aux fenêtres.

Son anxiété grimpa en flèche. Une crainte précise bourgeonna en lui, s'enracina... Un sombre pressentiment le gagna.

La lune apparut dans le ciel.

Rien.

Pas une lumière, pas un bruit.

Il se glissa près de l'étable, pour voir si les chevaux étaient là.

Il vit les portes dévastés. Les quadrupèdes étaient dans leur box, la charrue renversée. A côté, la vieille femme baignait dans une mare de sang séché. Quand il trouva le second corps, à demi dévoré, il sut qu'on s'était servi de son cimeterre, et qu'un monstre maléfique et puissant avait été à l'œuvre. Le second cadavre était impossible à identifier.

Jetant la prudence aux orties, il fonça vers la maison, trouva les corps des fermiers dans la cuisine, et, horreur, ceux des enfants dans leur lit...

Une vague de dégoût et de culpabilité le submergea à la vue des jeunes gamins suppliciés. Le garçonnet aux cheveux blond paille lui rappela douloureusement son surnom, « drizzit ».

C'en était trop. Un maelström d'émotions menaça sa raison. Il plaqua ses mains sur ses oreilles pour ne plus entendre l'écho de cette voix enfantine, « drizzit, drizzit »...

En vain.

Souffle court, il dévala les escaliers, sortit en trombe de la macabre maisonnée réduite au silence.

S'il avait fouillé la chambre, il aurait trouvé, sous le lit, le cimeterre qui lui manquait, cassé en deux et laissé là à l'attention des villageois.

DEUXIÈME PARTIE

LA TRAQUE

Quel poids pèse plus sur les épaules que celui de la culpabilité ? J'ai souvent ployé sous ce fardeau, le long d'interminables routes.

La culpabilité ressemble à une arme à double tranchant. D'un côté, elle coupe pour que justice soit faite, imposant une moralité à ceux qui la craignent. Produit de la conscience, elle est ce qui sépare le bon grain de l'ivraie. S'il y a un profit à la clef, la plupart des Drows sont capables de meurtre, y compris contre leurs parents, et ils n'en éprouveront pas de remords. L'assassin drow peut craindre des représailles ; il ne versera jamais une larme sur sa victime.

Pour les humains, les elfes blancs, et toute autre race dotée de sens moral, les souffrances causées par la conscience dépassent de loin les menaces extérieures. De ce point de vue, la culpabilité est une force bénéfique.

Mais il y a l'autre côté. La conscience ne relève pas toujours d'un jugement rationnel. Se sentir coupable est un fardeau qu'on s'inflige à soi-même, mais pas forcément à bon escient. Ce fut le cas pour moi, de Menzoberranzan au Val Bise. Je m'accusais de la mort de Zaknafein, mon père, sacrifié par ma faute, du malheur de Belwar Dissengulp, le Svirfneblin que mon frère avait mutilé. Le long des routes de ma vie, d'autres remords m'ont torturé : Jacasseur, tué par le monstre qui me traquait sans trêve, les gnolls, massacrés de ma propre main ; et les fermiers, le plus douloureux de tout, assassinés par un barghest.

Intellectuellement, je savais que je n'étais pas à blâmer, et que, dans certains cas, comme avec les gnolls, j'avais bien fait d'agir. Mais la raison ne pèse pas lourd face à la culpabilité.

Avec le temps, soutenu par la foi d'amis qui m'étaient chers, je me suis libéré de ces fardeaux. D'autres restent et resteront toujours. Je les accepte et je tire profit de cette plaie ouverte pour guider mes pas.

Ceci est la véritable raison d'être de la conscience.

Drizzt Do'Urden

CHAPITRE VI

SUNDABAR

— Assez, Fret, s'impatienta la femme de haute taille, passant une main dans son épaisse chevelure châtain.

Le nain en toge blanche s'évertuait à brosser la cape de la jeune femme, une *rangère*. La tâche était rendue difficile par sa nervosité.

— M'est avis, Maîtresse Fauconnier, que tu ferais bien de consulter quelques manuels de savoir-vivre.

— J'arrive à l'instant de Sylverymoon, s'indigna Colombe Fauconnier. On a tendance à se salir le long des routes !

Elle lança un clin d'œil à Gabriel, l'autre guerrier de la pièce, un homme de haute stature à la mine sombre.

— Cher Fret, continua-t-elle d'humeur taquine, tu es le plus singulier des valets.

Le nain à la barbe blanche s'empourpra, et tapa un chausson étincelant sur le sol dallé.

— Valet ? s'exclama-t-il. (Colombe éclata de rire.) Je compte parmi les sages les plus accomplis des Royaumes ! Tu as une entrevue avec Helm Naincopain. Il faut être présentable pour voir le Maître de Sundabar.

— En effet, acquiesça-t-elle. Mais je n'ai rien d'autre à me mettre, cher Fret. J'ai peur de ne pas faire grand effet. Ma sœur et lui sont devenus les meilleurs amis du monde... Que faire ? minauda la guerrière. Si seulement... (Le visage du nain s'éclaira d'un grand sourire.) Mais non, soupira-t-elle. Comment t'imposer cela ?

Fret frappa dans ses mains d'enthousiasme, et sortit, l'œil vif, la jambe alerte.

La jeune femme retint ses rires. Elle adorait taquiner Fret, et l'adorait tout court. Il vivait à Sylverymoon où régnait la sœur de Colombe. Il avait contribué à enrichir la bibliothèque. C'était vraiment un sage de grand renom, connu pour ses recherches approfondies sur de nombreuses races, expert en matière d'espèces à demi humaines. C'était aussi un excellent compositeur. Combien de fois, se rappela-t-elle avec une sincère humilité, avait-elle chevauché en sifflotant une de ses mélodies ?

— Cher Fret, murmura-t-elle en le voyant revenir.

Il avait une allure terrible avec une robe de soie soigneusement pliée sur le bras, une parure et des chaussures assorties dans l'autre main, une douzaine d'épingles coincées entre ses lèvres, et un mètre de couture roulé autour d'une oreille.

Elle réprima un sourire et décida de le laisser faire pour cette fois. Elle se rendrait dans la salle d'audience à pas de velours, comme une véritable gravure de mode, flanquée du petit sage gonflé de fierté.

*
* *

Colombe s'appuyait sur Fret le long des corridors richement décorés menant à la salle d'audience. La guerrière pouvait traverser un pont de corde sans main courante, décocher en plein galop des carreaux d'une mortelle précision, escalader un arbre en armure, épée et bouclier en main. Mais malgré sa force et son agilité, les chaussures d'apparat étaient de trop pour elle !

— Et cette robe ! murmura-t-elle, exaspérée.

Fret lui jeta un regard blessé.

— Certainement la plus jolie..., bafouilla-t-elle. En vérité, je ne trouve pas de mots pour exprimer ma gratitude.

Le regard gris brilla, quoique le nain ne fût pas sûr d'en croire un traître mot.

— Mille pardons, ma dame, dit quelqu'un dans leur dos.

Ils se retournèrent sur le capitaine de la garde, qui arrivait en compagnie d'un fermier.

Lisant l'anxiété sur les traits du voyageur, la guerrière fit taire son compagnon, disposé à protester contre cette violation du protocole.

— Je vous écoute, capitaine. Nous avons quelques instants avant que l'audience soit ouverte, dit-elle à Fret pour le calmer. Nous ne ferons pas attendre Maître Helm Naincopain.

Le fermier avança.

— Mille pardons, ma dame, commença-t-il. Je ne suis qu'un fermier de Maldobar, un petit village du nord...

— Je connais Maldobar, l'assura Colombe. J'ai souvent contemplé l'endroit du haut des montagnes. Une belle petite communauté. (L'homme se rengorgea.) Rien de grave n'est arrivé là-bas, j'espère ?

— Pas encore, ma dame. Mais il va y avoir du vilain, pour sûr. Des Drows.

Elle écarquilla les yeux. Même Fret en oublia de

s'impatienter.

— Combien ?

— Un, pour l'instant. Nous craignons que ce soit un éclaireur ou un espion, qui mijote quelque mauvais coup.

— Qui l'a vu ?

— Des enfants. (Le nain se remit à taper du pied.) Puis McGristle l'a vu !

— Qu'est-ce qu'un McGristle ? demanda Fret.

— Roddy McGristle, précisa Colombe, la mine sombre. Un chasseur de primes et un trappeur.

— Le Drow a tué ses chiens ! reprit le fermier, tout excité. Et il a presque embroché Roddy ! Il a abattu un arbre sur lui et McGristle y a laissé une oreille !

Sans prêter attention au babillage de l'homme, Colombe réfléchissait à la gravité de la nouvelle. Revenue dans ses appartements, elle chargea un assistant d'aller quérir ses compagnons de voyage sur l'heure, un autre d'exprimer ses plus vifs regrets au Maître de Sundabar.

Elle se débarrassa de ses chaussures d'apparat en un tour de main et se glissa hors du pesant fourreau de sa robe.

Ils partiraient le soir même.

Après s'être changée, elle resta un doigt sur la bouche, comme perplexe.

— Quoi ? s'enquit le nain, de mauvaise humeur.

Elle prit un air épanoui en posant le regard sur lui.

— J'ai peu l'expérience des elfes noirs, expliqua-t-elle, et mes compagnons, à ma connaissance, n'ont jamais eu non plus affaire à eux. (Son grand sourire décontenança le sage.) Viens avec nous, cher Fret.

CHAPITRE VII

RAGE ÉCUMANTE

Le soir même où s'ébranlait l'équipée de Colombe, en route pour Maldobar, Drizzt entamait un voyage. L'horreur qui l'avait étreint la nuit précédente ne s'était pas atténuée ; s'atténuerait-elle jamais ? Mais elle cédait le pas en lui à la soif de vengeance. Il avait fui Ombre-Terre et sa sauvagerie. Le carnage était pourtant bien vivace dans sa mémoire. Il n'avait plus qu'un cimeterre pour venger ces innocents.

Avant de se lancer à la poursuite du meurtrier, il prit deux précautions : emporter un soc de charrue cassé, et appeler Guenhwyvar.

Ils partirent dans les montagnes, Drizzt traînant la lourde lame avec une implacable détermination.

La piste les mena devant un précipice. Il repéra un sentier qui lui permettrait de ne pas abandonner sa charge. Il négocia les passages dangereux, avec l'aide de Guenhwyvar qui montrait le chemin.

Durant sa pénible ascension, le souvenir de la

famille massacrée suffit à lui faire oublier les à-pics vertigineux. Quand il entendit un bourdonnement, un peu en arrière, il sourit.

Le bruit se rapprochant, il se plaqua contre la paroi, cimeterre en garde.

Malgré ses moulinets défensifs, Tephanis parvint à le blesser au cou.

Il inspecta sa blessure, et hocha la tête. Accorder cette première victoire au farfadet était nécessaire pour assurer sa défaite. A l'instant où le petit être fonçait de nouveau sur lui, Drizzt bondit au milieu du chemin, l'obligeant à dévier sa course vers la paroi.

L'elfe distinguait à peine les mouvements du farfadet, mais le bruit mat d'un choc contre le soc de charrue brusquement dressé, et les vibrations répercutées le long de son bras, lui confirmèrent la réussite de sa manœuvre. Il laissa tomber le soc pour saisir à la gorge son adversaire à demi assommé. Guenhwyvar réapparut au moment où le farfadet secouait la tête violemment, ses longues oreilles ballottées de droite à gauche.

— Quelle créature es-tu donc ? demanda Drizzt en gobelin.

A son étonnement, la petite créature le comprit, même si sa réponse fut débitée bien trop vite.

Il le secoua brutalement :

— Un mot à la fois ! Quel est ton nom ?

— Tephanis.

— As-tu tué les fermiers ?

Drizzt faillit l'étrangler quand il se mit à rire.

— Non !

— Qui alors ?

— Ulgulu ! (Suivit un flot incompréhensible de paroles.) Ulgul... attendre... dîner...

Drizzt se demandait que faire de l'encombrant personnage quand le farfadet décida qu'il avait suffi-

61

samment enduré cette indignité. Trop vite pour être vu, il tira un couteau d'une botte et taillada le poignet blessé de l'elfe.

Cette fois, il avait sous-estimé son adversaire. Dans sa rage, Drizzt sentit à peine la douleur. De l'autre main, il plongea, cimeterre en avant. L'habile diablotin l'esquiva sans peine malgré ses mouvements limités, riant aux éclats. Il replongea son couteau dans la plaie.

Drizzt l'assomma contre la paroi, puis le jeta dans le vide.

*
* *

Quelque temps plus tard, les deux amis étaient embusqués près d'une grotte abritée par de hautes broussailles, et gardée par des gobelins.

La piste les avait conduits jusque-là ; le monstre s'y trouvait.

Drizzt réfléchit. Il aurait préféré une justice plus civilisée, mais quelles étaient ses options ? Pas question de se rendre au village. Il repensa aux fermiers, au garçonnet aux cheveux blond paille, à la jolie jeune fille, à peine femme, et au jeune homme qu'il avait désarmé. Il lutta pour garder une respiration normale. Dans les étendues d'Ombre-Terre, il avait parfois donné libre cours aux côtés sombres de sa personnalité, mortellement efficaces. Les instincts du chasseur revenaient en lui. Il tenta de sublimer sa rage - avant de se souvenir des leçons qu'il avait apprises. Ces instincts faisaient partie de lui : outils de survie, ils n'étaient pas entièrement maléfiques.

Mais il ignorait le nombre de ses ennemis, et même à quel type de monstres il allait se frotter.

Après le carnage, il était évident qu'il n'y avait pas que des gobelins en cause. Son bon sens lui dictait d'attendre et de tenter d'en savoir plus.

Un nouveau souvenir fugace jeta aux quatre vents ce que lui soufflait la voix de la raison ; cimeterre d'une main, dague du farfadet dans l'autre, Drizzt remonta jusqu'à la grotte et entra, écartant les broussailles devant lui.

Hésitant, Guenhwyvar resta à l'arrière, dérouté par la manœuvre brutale du Drow.

*
* *

Tephanis sentit l'air frais lui caresser le visage ; un instant, il crut être dans un agréable songe. L'illusion se dissipa quand il vit le sol approcher à toute allure. Il lança bras et jambes vers la paroi pour freiner sa chute, en entonnant un sort de lévitation, la seule chose qui pourrait encore le sauver.

Des secondes angoissantes s'égrenèrent avant que le sortilège agisse. Il percuta rudement la terre, mais ses contusions étaient mineures.

Il se releva et s'ébroua. Son premier mouvement fut de courir avertir Ulgulu. Il se ressaisit. Il ne serait jamais là-bas à temps, et un seul chemin conduisait à la grotte.

Tephanis n'avait nulle envie d'affronter de nouveau l'elfe noir.

*
* *

Ulgulu n'avait rien fait pour brouiller les cartes, afin que l'adversaire ne manque pas de le suivre ; il lui tardait de le dévorer. Peut-être alors serait-il assez fort pour retourner chez lui.

Les deux gardes ne s'étonnèrent pas outre mesure de l'irruption du Drow, dont les avait avertis leur maître. Leurs instructions étaient de le retarder. Ils bombèrent leur torse poilu, lances pointées, obéissant stupidement au géant.

D'un seul moulinet de son cimeterre, Drizzt les égorgea ; dans la même enjambée, il franchit le seuil...

... Pour voir son ennemi au milieu de la pièce. La peau rouge, une taille de géant, le barghest l'attendait les bras croisés, un sourire confiant et mauvais aux lèvres.

Il lança sa dague et plongea à la suite. Cette manoeuvre lui sauva la vie quand il s'aperçut du piège : la lame traversa le corps gigantesque, ne rencontrant que le vide.

Le barghest en chair et en os était acroupi derrière le trône de pierre. Recourant à un autre pouvoir de son considérable répertoire, Kempfana avait projeté une image de lui-même pour tromper l'ennemi.

La pièce ne comptait aucun meuble dont l'elfe pût se servir de rempart ; il était piégé en terrain découvert, vulnérable.

Ulgulu lévita derrière sa proie. Le plan était parfait, la cible à l'endroit idéal.

Tous les muscles bandés, Drizzt sentit la présence et plongea à l'instant où le monstre décochait un coup de poing qui lui effleura les cheveux.

L'elfe vengeur exécuta un demi-tour sur lui-même en plein air, fit un roulé-boulé et se releva...

...Face à un géant plus grand encore que la projection. Ça ne diminua en rien sa rage. Tendu à l'extrême, il attaqua comme un cobra. Avant que le barghest ait le temps de réaliser son échec, Drizzt, d'un seul coup de cimeterre, l'avait touché trois fois au bas-ventre. Le monstre beugla de fureur. Mais ses blessures étaient bénignes. L'arme drow avait perdu sa magie ; seul Guenhwyvar, en bonne entité surnaturelle, pouvait infliger de graves blessures au géant.

La panthère bondit et le plaqua face contre terre, lui labourant le crâne de ses griffes. Jamais le barghest n'avait connu pareilles souffrances.

Kempfana surgit, hurlant à tue-tête.

Ce fut au tour de Drizzt de recourir à la magie. Il invoqua un globe de ténèbres insondables, où il disparut entièrement. Kempfana, emporté par son élan, trébucha sur l'elfe, qui en eut le souffle coupé. La créature s'étala de tout son long à l'autre bout de la pièce.

En un rien de temps, l'elfe s'était relevé, avait bondi sur le géant sonné, et l'avait frappé de taille et d'estoc. Le sang maculait ses cheveux quand Kempfana trouva la force de se débarrasser du fou furieux. Il se redressa, vacillant sur ses jambes.

*
* *

Ulgulu rampa de l'autre côté, trébucha, roula et se contorsionna. La panthère était trop vive pour ses mouvements patauds. Le visage du monstre était lacéré de marques de griffes. Guenhwyvar avait refermé ses mâchoires sur sa nuque et lui labourait le dos.

Le barghest avait une option : les os craquèrent, se reformèrent. Son faciès ensanglanté se transforma en gueule garnie de canines. Un poil épais lui poussa sur le corps, déviant les coups de griffe du félin. Les bras qui battaient l'air se métamorphosèrent en pattes griffues.

Guenhwyvar combattait un loup gigantesque ; son avantage disparut très vite.

*
* *

Kempfana recula lentement, montrant un respect inhabituel pour l'adversaire.

— Tu les as tous tués, accusa l'elfe en gobelin, d'un ton si glacial que le géant s'immobilisa.

Kempfana n'était pas stupide. Il reconnut la rage explosive de l'elfe. Il fit appel à ses pouvoirs surnaturels. D'un battement de cil, le colosse à peau rouge se volatilisa pour resurgir aussitôt derrière Drizzt.

L'elfe se jeta instinctivement de côté. Mais le poing du monstre toucha sa cible, et la projeta à l'autre bout de la pièce.

Drizzt se redressa sur un genou, souffle court.

Son cimeterre était resté au milieu de la salle, hors d'atteinte.

*
* *

Le grand loup-barghest roula et plaqua la panthère au sol. D'énormes mâchoires claquèrent près du cou du félin, qui se débattait furieusement. Il ne pouvait faire jeu égal avec un tel adversaire. Son seul atout restait la mobilité. Telle une flèche noire, la panthère jaillit de sous le monstre qui cherchait à l'écraser.

Hurlant à la mort, Ulgulu se lança à sa poursuite

dans l'aube qui pointait.

A l'entrée de la grotte, Guenhwyvar fit volte-face et sauta au-dessus de l'ouverture. Quand le loup titanesque émergea à son tour, le félin lui bondit sur l'échine, et lui laboura les reins de plus belle.

*
* *

— C'est Ulgulu qui a tué les fermiers, pas moi, grinça Kempfana. (Il projeta le cimeterre à la volée.) Ulgulu veut ta peau - tu as tué ses gnolls. Mais c'est moi qui vais te tuer, Drow. Je vais me repaître de ton énergie vitale et gagner de ta force !

Drizzt l'entendit à peine. Tout ce qu'il avait sous les yeux, c'étaient les cadavres des fermiers... Le géant approcha de l'ennemi terrassé ; dans cette situation désespérée, l'elfe lui décocha un regard haineux, implacable.

Ce regard plissé - deux fentes luisantes de haine dardées sur lui -, fit hésiter le colosse un instant. Ce fut assez pour l'elfe. Drizzt avait combattu bien des monstres dans sa vie, surtout des créatures aux doigts crochus. Si ses cimeterres l'avaient toujours aidé à remporter ces affrontements, il s'était *d'abord* servi de son corps comme d'une arme. La douleur qui lui vrillait le dos n'était rien en comparaison de la furie qui le *dynamisait*. Il se rua tête baissée entre les jambes du titan, trouvant une prise sur un genou.

Le barghest se baissa pour agripper le pertubateur. En vain. Quand l'elfe parvint à le déséquilibrer, le géant accompagna sa chute, pensant l'écraser sous son poids. Mais le Drow fut encore trop vif pour lui : il se dégagea et fonça à l'autre bout de la pièce.

— Non, tu ne m'échapperas pas ! tonna Kempfana.

A l'instant où Drizzt ramassait son arme, des bras monstrueux l'arrachèrent du sol.

— Je vais t'écraser !

Il entendit une de ses côtes craquer, se concentra pour dégager son bras armé.

— Je vais te dévorer vif, Drow ! s'esclaffa le géant. Un vrai festin !

Fanatisé par le souvenir des corps martyrisés, l'elfe plongea la lame dans la gorge grande ouverte.

Il tordit l'épée, fouaillant la chair tendre.

Kempfana fouetta l'air ; Drizzt crut être mis en pièces sous la violence des secousses, mais il ne lâcha pas prise.

Le monstre tomba, la bouche en sang, et chercha à l'écraser. L'elfe crut défaillir de douleur.

Le souvenir du garçonnet assassiné dans son lit lui insuffla un ultime regain de volonté. Il fit tourner la lame, faisant couler de nouvelles hémorragies...

Le barghest mourut dans un gargouillis.

Drizzt ne voulait plus qu'une chose : aller se recroqueviller dans le coin le plus reculé, le plus sombre.

Mais Ulgulu vivait toujours.

Epuisé, il s'extirpa de la masse inerte, retira sa lame de la gorge, et récupéra sa dague.

Il savait que ses blessures étaient graves, et qu'il risquait d'en mourir s'il ne s'en occupait pas sur-le-champ. Il avait le souffle court, le goût du sang sur les lèvres. Peu lui importait.

Ulgulu vivait toujours.

*
* *

Guenhwyvar bondit de l'échine monstrueuse, retrouvant un appui précaire sur la pente abrupte, au-dessus de l'entrée de la grotte. Ecumant, Ulgulu se tourna et prit son élan, griffant la roche dans ses vaines tentatives.

Guenhwyvar vola d'un bond au-dessus de lui, pivota instantanément et lui creusa derechef l'échine de ses griffes, avant de sauter à l'abri, en hauteur.

Ce jeu du chat et de la souris continua un long moment, jusqu'à ce que le loup monstrueux anticipe le saut de son ennemi et parvienne à le mordre sauvagement, avant de lui bloquer le passage, l'acculant au précipice.

Drizzt émergea de la grotte et vit son ami en fâcheuse posture ; même Guenhwyvar ne résisterait pas longtemps à un adversaire de la force d'un loup-barghest.

L'elfe sortit la figurine d'onyx et la jeta à terre pour lui ordonner de disparaître.

Le félin aurait refusé de le laisser affronter la mort tout seul, s'il n'avait lu dans ses pensées.

A l'instant où le monstre plongeait pour précipiter son adversaire dans le vide, Guenhwyvar s'évapora en volutes de fumée.

Emporté par son élan, Ulgulu ne put rien faire ; ce fut la chute dans le vide.

Les os craquèrent, la fourrure s'affina... Il ne pouvait pas léviter sous une forme animale. Désespéré, le barghest se concentra pour retrouver sa forme. Le museau s'épata en visage, les pattes redevinrent des bras.

La créature à demi transformée trouva une fin brutale au fond du précipice.

En lévitant lentement, Drizzt descendit examiner le cadavre. Son sortilège faiblit soudain aux derniers mètres, et il chuta près du géant terrassé.

Quand il revint à lui, au soir, il entendit au loin les cris de rage de Traîne-Séant. Il se releva péniblement et s'éloigna.

CHAPITRE VIII

INDICES ET DEVINETTES

Un jour et demi s'écoula avant qu'un fermier découvre le massacre des Poil-de-Chardon.

Il revint en compagnie du maire Delmo et d'autres fermiers, un bandeau autour du nez et de la bouche pour combattre la puanteur des chairs en décomposition.

— Quel monstre a bien pu commettre de telles horreurs ? s'exclama le maire.

Un fermier revint de la chambre qu'il examinait, un cimeterre brisé en main.

— Une arme drow ? Il faudrait alerter McGristle.

Delmo hésita. Il attendait le groupe de Sundabar d'un instant à l'autre, et il se disait que la célèbre rangère Colombe Fauconnier serait plus à la hauteur que l'homme des montagnes.

Le débat n'eut jamais lieu ; McGristle arrivait, précédé par les aboiements d'un nouveau dogue.

L'homme crotté fit irruption dans la cuisine. Il était horriblement défiguré, du sang séchait sur le côté de son visage où l'oreille avait été arrachée. Il écouta à peine le maire, et alla examiner les cadavres qu'il retourna du bout de ses bottes, se penchant pour étudier les détails.

— J'ai vu les traces dehors, dit-il soudain. Deux, je dirais.

— Le Drow a un allié, déduisit le maire. Raison de plus pour attendre l'équipe de Sundabar.

— Bah, on n'est même pas sûrs qu'ils soient vraiment en route ! Je vais me lancer à leur poursuite, tant que mon chien a une piste fraîche à renifler !

Les autres acquiescèrent ; Delmo les rappela à la prudence.

— Un seul Drow a suffi à te mettre sur le carreau, McGristle, lui rappela-t-il. Maintenant, tu estimes qu'il y en a deux, et tu voudrais qu'on se lance à leur poursuite ?

— Un mauvais coup du sort, voilà tout ! rétorqua l'autre sèchement. Je tenais ce Drow dans le creux de mes mains, bon sang !

Les autres, nerveux, chuchotèrent à voix basse ; Delmo l'entraîna à l'écart :

— Attends un jour. Nos chances seront bien plus grandes avec la rangère.

Roddy n'était pas convaincu.

— C'est ma bataille ! Il a tué mes chiens et il m'a défiguré !

— Tu veux ce Drow et tu l'auras, promit le maire. Mais il y a peut-être plus en jeu que tes chiens ou ta fierté.

Les grimaces furibondes du chasseur n'eurent aucun effet sur Delmo, qui resta sur ses positions. Maldobar était peut-être en danger. Il fallait rester unis et empêcher que des hommes valides quittent le village avec Roddy pour se rendre dans les montagnes. Belson Delmo savait pertinemment que le chasseur, nomade invétéré, se souciait peu de la sécurité d'un petit village isolé. Il recourut à des arguments plus frappants.

— Patiente jusqu'à leur arrivée, *ensuite* tu traqueras le Drow comme tu l'entends. (Il réfléchit un instant à une somme suffisante pour éveiller l'intérêt du chasseur de primes, sans taxer sa propre bourse plus que de raison.) Deux mille pièces d'or pour sa tête.

Roddy était un vétéran roué. Il cacha bien sa joie ; cette offre valait cinq fois une prime habituelle, et il serait parti à la recherche de l'elfe de toute façon.

*
* *

Toute la nuit, Traîne-Séant suivit les traces du Drow, grièvement blessé.

Drizzt s'était abîmé la jambe lors de sa chute dans le ravin ; quand un jour clair et radieux se leva, il sut qu'il ne pourrait plus échapper à son poursuivant très longtemps.

Prenant appui contre un arbre, dans un bosquet, il eut une idée...

Une demi-heure plus tard, le géant dévalait la colline, une gigantesque massue en main. Il pila net en apercevant le fuyard entre deux arbres.

Soupirant presque de soulagement, l'elfe mit immédiatement à profit l'hésitation du monstre pour l'auréoler de flammes bleues.

Nerveux devant cet étrange et dangereux ennemi, Traîne-Séant suspendit ses pas.

— Pourquoi me suis-tu ? demanda Drizzt en gobelin. Désires-tu rejoindre les autres dans le sommeil de la mort ?

Le monstre passa une langue épaisse sur ses lèvres sèches. Il tenta de maîtriser les instincts qui l'avaient poussé à poursuivre la petite créature. Ulgulu et Kempfana étaient morts ; il avait de nouveau la jouissance de son antre. Mais gnolls et gobelins, eux aussi, avaient disparu, ainsi que cette peste de farfadet. Une soudaine idée lui traversa l'esprit.

— Amis ? demanda-t-il, plein d'espoir.

Quoique soulagé par la tournure des événements, Drizzt était sceptique. La bande de gnolls lui avait fait la même offre, avec des résultats désastreux, et celui-ci avait de toute évidence partie liée avec les monstres qu'il venait d'occire.

— Amis dans quel but ?
— Pour tuer !
Quelle question...

L'elfe secoua rageusement la tête, faisant voltiger son épaisse chevelure.

— Tuer toi ! s'écria Traîne-Séant, qui fit un grand pas en avant, massue brandie.

Une branche longue et souple s'enroula autour de sa cheville, contrariant son avancée.

Le piège était en place...

Traîne-Séant regarda le nœud coulant qui entravait ses mouvements. Pour se libérer, il lui aurait suffi de se baisser. Mais les géants des collines n'étaient pas renommés pour leur intelligence.

Tirant un grand coup sur la branche, il déclencha un ingénieux système de catapulte : une grosse roche vint s'écraser sur son dos. Percuté de plein fouet, souffle court, le titan s'affaissa sur un genou.

Drizzt hésita ; partir ou achever l'ennemi ? L'expression avide qu'avait eue le géant à l'idée de tuer décida pour lui.

— Combien de familles massacreras-tu encore ?

Main crispée sur le pommeau de son cimeterre, il se précipita.

*
* *

Au soulagement de Delmo, l'équipe de Sundabar fut bientôt là : Colombe Fauconnier, ses trois compagnons guerriers et Fret. Avec les fermiers de la région, ils se rendirent aussitôt sur les lieux du drame.

Colombe fut déçue : des centaines de va-et-vient avaient brouillé les traces de l'assassin, et les corps avaient été manipulés et déplacés sans discernement. Ses compagnons et elle tâchèrent quand même de récolter quelques maigres indices.

— Imbéciles ! cria le nain, furieux, s'adressant aux fermiers. Vous avez aidé vos ennemis !

Plusieurs hommes, y compris le maire, prirent l'air penaud, sauf Roddy qui se dressa de toute sa taille face au petit homme. Colombe s'interposa.

— Vos allées et venues ont détruit beaucoup de traces, expliqua-t-elle calmement au maire.

— Nous ne savions pas, dit Delmo.

— Bien sûr. Vous avez agi comme n'importe qui l'aurait fait à votre place.

— Comme n'importe quel novice, observa Fret.

— Ferme-la ! aboya McGristle.

— Du calme, mon brave, commanda Colombe. Nous avons suffisamment d'ennemis à l'extérieur sans nous en faire dans nos rangs.

— Novice ? aboya Roddy. J'ai chassé une centaine d'hommes et j'en sais assez sur ce foutu Drow !

— Sommes-nous sûrs qu'il s'agissait d'un Drow ?

Sur un signe de McGristle, un fermier tendit le cimeterre brisé.

— Arme drow, dit Roddy. Je l'ai vu de près, ajouta-t-il, désignant sa vilaine cicatrice.

Un coup d'œil à la blessure apprit à Colombe qu'elle n'était pas l'œuvre d'une lame. Mais elle ne dit rien, ne voyant pas l'intérêt d'envenimer les choses.

— Et des traces de pas drows, insista le chasseur. Les traces de bottes sont similaires à celles laissées par l'elfe dans le champ de myrtilles.

Colombe porta son regard vers l'étable.

— Quelque chose de puissant a détruit cette porte. Et la jeune femme, à l'intérieur, n'a pas été tuée par un elfe noir.

Roddy ne se démonta pas :

— Il a un animal familier : une panthère noire !

Colombe restait sceptique. Il n'y avait nulle trace de panthère. De plus, le félin n'aurait pas dévoré une proie de cette façon-là. Elle garda ses doutes pour elle ; il était clair que l'homme des montagnes ne changerait pas d'avis.

Embarrassé, le maire expliqua que Roddy McGristle devait se joindre au petit groupe. A part lui, il regrettait d'avoir passé ce marché avec un homme violent et emporté.

— Ce sera le seul représentant de Maldobar à se joindre à vous. C'est un chasseur expérimenté, qui connaît cette région mieux que personne.

A la surprise de Fret, Colombe accepta.

— La nuit ne va pas tarder, dit-elle. Nous partirons dès l'aube.

— Ce Drow a déjà trop d'avance ! protesta aussitôt Roddy. Nous devrions partir maintenant !

— Nous *supposons* qu'il est en fuite, répondit Colombe, toujours calme, mais d'un ton sans réplique. Combien ont fait la même erreur et l'ont payé de leur vie ? Ce Drow, ou cette bande de Drows, pourraient très bien être embusqués près d'ici. Aimerais-tu tomber sur eux, McGristle ? Te plairait-il d'affronter des elfes noirs dans les ténèbres ?

Roddy leva les bras au ciel, et partit en grommelant, son chien sur les talons.

Plus tard dans la nuit, elle discuta de ses doutes avec son ami Gabriel, tandis que Fret dormait et que l'archer et le troisième guerrier montaient la garde.

— Certaines choses ne collent pas, commença-t-elle.

— Ce n'est pas une panthère qui a dévoré la femme, acquiesça Gabriel.

— Et ce n'est pas un Drow qui a tué le fermier du nom de Bartholomew. La poutre qui lui a brisé le crâne était fendue. Seuls des géants possèdent une telle force.

— Magie ?

Colombe eut un haussement d'épaules.

— La magie drow est d'ordinaire plus subtile, selon notre sage. Et plus achevée. Fret ne pense pas que tout cela soit l'œuvre de la magie des elfes noirs. Et ces traces contiennent un autre mystère.

— Deux pistes, dit Gabriel, à un jour d'intervalle.

— Et de profondeur différente, ajouta Colombe. La seconde peut être celle d'un Drow, c'est un fait, mais l'autre est trop creusée pour être celle d'un elfe.

— Un agent des Drows ? supposa Gabriel. Un citoyen des plans inférieurs qu'ils auraient invoqué ? Il serait revenu le jour suivant inspecter le travail ?

— Nous le saurons bientôt.

Gabriel alluma sa pipe ; Colombe glissa dans le sommeil.

*
**

— Oh-maître, mon-maître, se lamenta Tephanis, devant le corps brisé du géant.

Le *diligent* ne se souciait pas réellement du sort d'Ulgulu ou de son frère, mais leur mort jetait de sinistres ombres sur son propre avenir. Le farfadet s'était joint à eux par ambition et par ennui. Avant l'arrivée des géants, il avait vécu dans la solitude, volant pour subsister. Il se débrouillait, mais ses jours s'écoulaient, vides et mornes.

Ulgulu avait changé tout cela. Le barghest lui avait offert protection et camaraderie ; il l'avait chargé de nombreuses missions d'importance.

Les deux frères morts, il se retrouvait seul. Il songea soudain à Traîne-Séant... Battant les mains une centaine de fois en une seconde, il partit en flèche sur les traces du troisième colosse. Avec un peu de chance, le nouvel ami, ce serait lui.

*
* *

Haut dans les montagnes, Drizzt Do'Urden jeta un dernier regard sur Maldobar. Depuis sa rencontre avec le putois, le Drow avait découvert dans cette vallée un monde presque aussi sauvage que le royaume souterrain qu'il avait fui. Ses espérances étaient mortes, étouffées par le poids de la culpabilité et les atroces visions du carnage qui le hanteraient pour le restant de ses jours.

Ses douleurs s'étaient quelque peu atténuées ; il respirait mieux, même si l'air lui brûlait encore la gorge et les bronches. Ses plaies aux jambes et aux bras s'étaient refermées. Il survivrait.

Etait-ce une bonne chose ?

CHAPITRE IX

POURSUITE

— Qu'est-ce que c'est ? demanda Fret.

Il suivait Colombe, vêtue d'une longue cape verte.

Le groupe avançait à pas prudents. Ils n'avaient jamais vu pareille créature. C'était un géant en pleine transformation, à mi-chemin entre un gobelin et un loup.

Ils reprirent courage en approchant, convaincus que la chose était tout à fait morte. Colombe la piqua de son épée : la mort remontait à plus d'un jour.

— Qu'est-ce que c'est ? redemanda Fret.
— Un hybride, marmonna Roddy.

Colombe examina attentivement les articulations bizarres, les nombreuses plaies et blessures, qui évoquaient des griffes et des morsures de félin.

— Un métamorphe, avança Gabriel, qui surveillait les alentours de la gorge.

Colombe acquiesça :

— Tué en pleine transformation.
— Je n'ai jamais entendu parler de sorciers gobe-

lins, protesta Roddy

— Oh si, commença Fret. Il y a eu Cradingue l'Ecervelé, un prétendu archimage, qui...

Un sifflement, très au-dessus de leurs têtes, lui coupa la parole. Sur le bord de l'abîme, Kellindil, l'archer, leur faisait des signes frénétiques.

— Il y a deux gobelins par ici et un géant à peau rouge, cria-t-il.

La rangère enjoignit à Gabriel de rester sur place, tandis que Fret, Roddy et elle remontaient par le petit sentier, un parcours de plus d'un kilomètre.

A mi-chemin, ils retrouvèrent Darda, le dernier guerrier du groupe. Homme trapu et courtaud, il grattait pensivement sa barbe broussailleuse en examinant un soc de charrue.

— C'est celui de Poil-de-Chardon ! s'écria Roddy. Je l'ai vu derrière sa ferme, attendant d'être réparé !

— Pourquoi est-il ici ? demanda Colombe.

— Et pourquoi y a-t-il des traces de sang ? s'étonna Darda, montrant les taches sur le côté de l'outil. Quelque infortunée créature a subi un rude choc, et a dû être projetée dans le ravin.

Tous les regards convergèrent sur la jeune femme confrontée à une nouvelle énigme. Trop peu d'indices encore...

Kellindil les mena ensuite dans la grotte, après qu'elle eut fait signe à Gabriel. Le spectacle qui les attendait leur fournit quelques réponses.

— Des jeunes barghests ! s'exclama Fret. Voilà qui explique le loup géant dans la gorge.

— Barghest ? demanda Roddy.

— Des créatures venues d'un plan différent, expliqua le nain - les Enfers, dit-on. Les barghests envoient leur progéniture dans d'autres mondes, parfois le nôtre, pour se nourrir et grandir. (Il s'arrêta, plongé dans ses réflexions.) Pour *se nourrir*..., reprit-il, d'un ton lourd de signification.

— La femme dans l'étable ! s'exclama Colombe.

Les membres du groupe acquiescèrent, l'air sombre. Seul McGristle s'entêta :

— C'est le Drow qui les a tués !

— Où est le cimeterre cassé ?

Roddy le sortit d'un pli de son manteau et le lui tendit.

La lame correspondait exactement à la plaie fatale qui barrait la gorge du barghest.

— Tu as dit que le Drow possédait deux cimeterres...

— Le maire l'a dit, rectifia Roddy, d'après le récit du fils Poil-de-Chardon. Quand j'ai vu le Drow, il en avait un seul, celui avec lequel il a tué toute la famille !

Il omit de préciser que l'elfe avait à la taille deux fourreaux, dont un vide.

Colombe, sceptique, secoua la tête.

— Le Drow a tué le barghest, dit-elle. Les plaies ont été causées par cette lame, ou plutôt par sa sœur jumelle. Et si tu examines les cadavres des deux gobelins, tu constateras que leurs gorges ont été tranchées par un cimeterre.

— Les blessures des Poil-de-Chardons étaient semblables! grogna McGristle, hargneux.

Colombe préférait garder ses hypothèses pour elle, mais Fret, qui détestait le chasseur de primes, se fit l'écho des déductions du groupe :

— Ils ont été tués par le barghest métamorphosé en Drow !

— Mais... et la créature dans le ravin ? intervint Darda, comprenant qu'il valait mieux faire taire le sage. Ses blessures sont-elles l'œuvre d'un cimeterre ?

Colombe réfléchit un instant, puis adressa un subtil signe de tête à l'homme pour le remercier de sa sagacité.

— Quelques-unes, oui. Il est vraisemblable qu'il a été achevé par la panthère... (elle regarda Roddy droit dans les yeux), l'animal familier de cet elfe, selon tes dires.

Roddy décocha un coup de pied au cadavre.

— Le Drow a tué le clan Poil-de-Chardon !

Il avait perdu des chiens et une oreille ; rien ne le ferait démordre de sa théorie, surtout avec une prime de deux mille pièces d'or à la clef.

Un appel mit fin au débat, au soulagement de Colombe et de Roddy.

Kellindil avait trouvé d'autres traces de pas autour de l'entrée de la grotte, et sur les bords du précipice.

Elle fut d'avis de retourner en bas, pour chercher d'autres indices. Le regard méprisant que lui lança le chasseur de primes était éloquent ; l'homme s'était juré de rapporter la tête de l'elfe noir. Peu lui importait qu'il soit coupable ou non.

Colombe Fauconnier n'était pas si sûre de l'identité du meurtrier. Bien des questions restaient en suspens. Pourquoi le Drow avait-il épargné les enfants lors de leur première rencontre ? Pourquoi avait-il rendu son arme au jeune Connor ? Elle était convaincue que le massacre des Poil-de-Chardon était l'œuvre du barghest. Mais pourquoi l'elfe noir s'était-il ensuite rendu dans le repaire du barghest ?

Avait-il eu avec ces monstres un accord qui aurait vite tourné à l'aigre ? Encore plus intrigant aux yeux de la rangère, dont la mission était de protéger les civils des conflits incessants entre les races dites bonnes et les races prétendument maléfiques : le Drow avait-il cherché à venger les malheureux assassinés ? Elle soupçonnait que cette hypothèse était la bonne, mais elle ne comprenait pas les motifs de l'elfe. Le barghest aurait-il empiété sur les plates-bandes du Drow ?

Là encore, les morceaux du puzzle ne correspondaient pas. Si les elfes noirs préparaient une attaque contre Maldobar, aucun d'entre eux ne se serait laissé surprendre avant l'offensive. Une petite voix lui soufflait que celui-là avait agi seul, pour venger la mort des humains.

Gabriel avait repéré deux autres pistes, celle de l'elfe et celle d'un troisième géant, un autre barghest sans doute.

— Et la panthère ? s'étonna Fret, un peu dépassé.

Colombe éclata de rire. Chaque réponse semblait soulever un lot de nouvelles interrogations.

*
* *

Drizzt continua sa route à la nuit tombée, comme toujours depuis tant d'années, fuyant une nouvelle abomination. Il n'avait pas tué ces humains - il les avait au contraire sauvés d'une bande de pillards gnolls -, mais ils étaient tout de même morts. Il avait fait irruption dans leur vie... et on les avait tués.

La nuit suivante, il aperçut un feu de camp près du repaire des monstres. Il invoqua sa panthère et l'envoya en reconnaissance.

*
* *

Gabriel fumait sa pipe, les mains nouées derrière la nuque. C'était la vie que ses compagnons de route et lui appréciaient : dormir à la belle étoile, avec la plainte du vent des montagnes pour berceuse.

Grognon, Fret se tournait et se retournait sur le sol de terre battue.

Colombe dissimulait un sourire amusé ; Roddy fulminait en silence contre ces frottements, anodins pour des citadins, mais pas pour des créatures sauvages.

Un sifflement de Darda mit le petit camp sur le pied de guerre. Roddy se glissa hors du cercle de flammes, pour accoutumer sa vue à la pénombre.

Au terme d'un bref dialogue avec le veilleur, Colombe et Gabriel firent le tour du campement, chacun par un côté.

— L'arbre, chuchota McGristle.

La jeune femme s'accroupit et suivit du regard le signe de tête de Roddy : des yeux jaunes brillaient faiblement parmi les feuillages.

— La panthère...

Ils se tinrent parfaitement immobiles, sûrs que le moindre mouvement alerterait la bête. Gabriel se coula jusqu'à eux, discret et silencieux. Le temps était leur allié ; Darda et Kellindil allaient aussi se mettre en position.

Leur piège aurait sûrement fonctionné, si le nain encore à demi endormi n'avait pas surgi à cet instant. Le chien de Roddy se mit à aboyer furieusement.

La panthère plongea de son perchoir et s'enfuit dans la nuit. Jouant de malchance, elle entra dans le champ de tir de l'archer, qui la distingua nettement.

— Tue cette bête ! lui cria le trappeur.

Pensant qu'elle venait d'attaquer leur campement, Kellindil visa et tira : un trait ensorcelé vint se ficher dans le flanc de Guenhwyvar.

Le contrordre de Colombe vint trop tard.

Kellindil se précipita sur les traces du félin, qu'il voyait grâce à sa vision infrarouge.

Quand les autres le rejoignirent, les beaux traits anguleux de Kellindil étaient tendus de colère contre Roddy.

— Tu m'as fait commettre une erreur, McGristle, accusa-t-il. J'ai tiré sur un innocent par ta faute ! Je t'avertis, pour la première et la dernière fois, de ne jamais recommencer !

Puis il se lança sur la piste maculée de sang.

Comprenant qu'il était seul face à quatre formidables adversaires et au nain, McGristle étouffa sa colère. Il grogna toutefois à Fret :

— Tourne ta langue dans ta bouche quand le danger menace ! Et ne t'approche plus avec tes bottes puantes !

Fret en resta soufflé :

— Puantes ? (Blessé, il baissa les yeux sur ses bottes, polies comme un sou neuf ; son amie lui adressa un sourire réconfortant avant de rejoindre les autres.) Polluées par la proximité de ce matamore, oui !

*
* *

Guenhwyvar rejoignit son maître en boitant. Drizzt fut à peine surpris de voir une flèche fichée dans son flanc. Le cœur lourd, il prit la dague du farfadet pour l'extraire.

Le félin gronda sans offrir de résistance. Drizzt le laissa regagner son plan astral, où la blessure se refermerait plus vite. La flèche lui disait tout ce qu'il désirait savoir sur ses poursuivants. Il se posta sur un éperon rocheux pour surveiller l'approche du nouvel ennemi.

Il ne distingua rien, bien sûr. Même blessé, Guenhwyvar avait mis une distance considérable entre les chasseurs et lui, et le camp des humains était à des heures de marche de là.

Mais ils viendraient, Drizzt n'en doutait pas. Ils l'obligeraient à se battre une fois de plus.

Blessé, il n'aspirait qu'au repos. Mais il ne pouvait se permettre le moindre retard s'il voulait éviter le combat.

— Jusqu'où me poursuivrez-vous ? murmura-t-il dans la fraîcheur du matin.

Il se mit en route, plus sombre que jamais.

CHAPITRE X

UNE QUESTION D'HONNEUR

— La panthère a retrouvé son maître, conclut la jeune femme après examen des alentours près de l'éperon rocheux.

Ils avaient retrouvé la flèche de Kellindil, et les empreintes de pattes s'arrêtaient net.

— Panthère de l'Enfer ! grommela McGristle. Elle est retournée dans son sale trou !

« *Chez toi* ? » faillit demander Fret, mais il retint sagement sa langue.

Les autres n'avaient pas davantage relevé. Le mystère restait entier, et personne n'avait de réponse. Le chien, tout frétillant, les guida jusqu'à un épais taillis d'arbres, puis sur un terrain aride semé de roches plates qui menait à un autre précipice. Le dogue se précipita, prêt à entamer une dangereuse descente le long des flancs accidentés du ravin.

— Maudite magie drow, grommela Roddy.

Contourner l'abîme exigerait des heures.

— Le jour diminue. Campons ici, proposa Colombe, et continuons au matin.

Gabriel et Fret approuvèrent, mais le trappeur protesta :

— La piste est fraîche ! On devrait au moins faire descendre le chien, avant d'aller se coucher.

— Ça peut prendre des heures..., commença Fret.

Colombe le fit taire.

Elle prit la direction de l'ouest, où la paroi offrait les saillies les plus praticables.

Elle n'était pas d'accord, mais elle ne voulait pas de dispute avec le représentant de Maldobar.

Quand ils atteignirent le fond du ravin, ils trouvèrent d'autres questions sans réponses. Roddy lança son chien dans toutes les directions, sans trouver trace de l'elfe. Après quelques instants de contemplation, la vérité prit forme dans l'esprit de Colombe ; son sourire en dit long à ses compagnons.

— Il nous a doublés ! s'exclama Gabriel, devinant la cause de l'amusement de son amie. Il nous a menés au précipice, sachant que nous penserions qu'il avait eu recours à la magie pour léviter jusqu'en bas !

— De quoi parlez-vous ? intervint Roddy, furieux.

— Vous voulez dire qu'il va falloir regrimper ? gémit Fret.

Colombe rit, mais se ressaisit très vite.

— Au matin, décréta-t-elle.

Cette fois, l'homme des montagnes ne fit aucune objection.

Quand le jour suivant fut levé, le groupe avait escaladé la paroi, et le chien reniflait de nouveau la piste. Tout le monde se posait en silence la même question : comment le Drow avait-il pu tromper le chien de la sorte ? Quand ils regagnèrent l'épais bosquet, Colombe eut la réponse.

Kellindil, qui se débarrassait déjà de son lourd paquetage, grimpa à un arbre pour repérer les routes qu'aurait pu emprunter l'elfe.

— Maldobar ! s'écria Fret, affolé, quand le chien eut pris la piste de l'elfe.

— Pas la ville..., répliqua le chasseur de primes. La rivière. Il se dirige vers la rivière, pour disparaître ensuite dans la nature, sans qu'on puisse l'inquiéter.

— C'est un adversaire malin, observa Darda, d'accord avec les conclusions du trappeur.

— Et il a maintenant au moins un jour d'avance sur nous, continua Gabriel.

Colombe voulut rendre courage au nain :

— Ne crains rien : nous sommes bien équipés, alors que lui ne l'est pas. Il doit s'arrêter pour chasser. Nous, non.

— On ne dormira que le strict nécessaire ! surenchérit Roddy, déterminé. Et de courtes périodes seulement !

Fret poussa un autre énorme soupir.

— Rationnons nos vivres immédiatement, ajouta Colombe, à la fois pour apaiser le trappeur et pour jouer la prudence. Nous aurons assez de mal à le rattraper. Je ne veux pas de retard.

Fret poussa un dernier soupir, repensant avec nostalgie à son nid douillet, au château de Sundabar !

*
* *

Drizzt avait l'intention de s'enfoncer plus avant dans les montagnes jusqu'à ce que ses poursuivants se découragent. Il continua de brouiller les pistes, mêlant à plaisir ses traces. De nombreux torrents complétèrent la tâche, mais les chasseurs n'étaient pas des novices, et le chien possédait un flair exceptionnel. Le groupe ne se fourvoya pas, et il rattrapa même son retard dans les jours qui suivirent.

L'elfe noir pensait pouvoir les semer, mais leur ténacité l'inquiéta. Il n'avait rien fait pour mériter pareille chasse à l'homme ; au contraire, il avait vengé les malheureux fermiers. Malgré son serment de ne plus jamais être source de malheur pour les autres, la solitude le rongeait depuis trop d'années. Il ne pouvait s'empêcher de regarder par-dessus son épaule, plus curieux qu'effrayé.

A la fin, la curiosité fut la plus forte. Il courait sans doute à sa perte, se dit-il en observant les silhouettes par une nuit sans lune. Mais qu'y faire ? Son désir de compagnie l'avait entraîné en arrière ; à présent, le campement de ses ennemis n'était plus qu'à une dizaine de mètres.

Les bavardages entre Colombe, Fret et Gabriel éveillèrent de douloureux échos dans son cœur, même si le sens de leurs paroles demeurait incompréhensible. Mais toute velléité d'avancer vers eux s'évanouissait chaque fois qu'il voyait Roddy et son dogue. Ces deux-là ne prendraient pas le temps d'écouter une explication.

Le groupe disposait de deux guetteurs, un elfe et un humain de haute taille. Après avoir trompé sans mal la surveillance de l'homme, Drizzt contourna le camp, attiré malgré lui par l'elfe blanc.

Une minuscule dague siffla à un cheveu de la poitrine de Kellindil, manquant trancher la corde de son arc. Le garde fit volte-face et croisa le regard lavande du Drow.

Le film rougeâtre couvrant ses pupilles montrait que l'archer aussi avait recours à l'infravision. L'elfe noir croisa les bras sur sa poitrine en signe de paix.

— Enfin, nous nous rencontrons, mon noir cousin, murmura l'elfe blanc en drow, les yeux dangereusement plissés.

Vif comme un chat, il tira une épée finement ouvragée de sa ceinture.

Drizzt sentit renaître son espoir en l'entendant s'adresser à lui dans sa langue natale, suffisamment bas pour ne pas alerter les autres. L'elfe de la surface était de la même taille que lui, les traits taillés à la serpe.

— Je suis Drizzt Do'Urden, commença-t-il, hésitant.

— Je me moque de ton nom ! Tu es un Drow. C'est tout ce que j'ai besoin de savoir ! Allons, voyons lequel de nous deux est le plus fort !

Drizzt refusa le défi.

— Je ne veux pas me battre contre toi...

Sa voix mourut... Son vis-à-vis leva son arme.

Drizzt aurait voulu expliquer toute l'histoire, et s'entendre innocenter par une autre voix que la sienne. Si quelqu'un - et surtout un elfe blanc - apprenait les épreuves qu'il avait subies et approuvait ses décisions, sa culpabilité s'évanouirait enfin. S'il pouvait être accepté par ceux qui haïssaient tant - tout comme lui - le peuple d'Ombre-Terre, Drizzt Do'Urden trouverait la paix de l'esprit.

Mais la pointe de l'épée resta dardée, et la grimace de haine ne s'effaça pas du beau visage de l'elfe blanc, plus habitué aux sourires.

Drizzt ne trouverait aucune compréhension chez lui, ni maintenant, ni après. Serait-il à jamais victime des préjugés ? Ou était-ce lui qui préjugeait des autres, leur prêtant de nobles intentions qu'ils n'avaient pas ?

Des doutes auxquels il lui faudrait réfléchir une autre fois : l'elfe blanc bondit.

L'elfe noir sauta hors de portée, et recourut à ses dons magiques : un globe de ténèbres.

Kellindil, qui n'était pas un novice, donna l'alerte

sur-le-champ, bondissant hors du globe, épée au poing.

Il n'y avait plus d'yeux couleur lavande dans la nuit.

Les aboiements furieux poursuivirent l'elfe noir dans les montagnes, le condamnant à son éternel exil.

Kellindil s'adossa contre un arbre, sur le qui-vive mais convaincu que l'ennemi n'était plus là. Cette fuite intriguait l'elfe blanc, qui n'était pas si obtus que cela.

*
* *

— Il perdra son avantage aux premières lueurs de l'aube, déclara Colombe pleine d'espoir, au terme de nombreuses heures d'infructueuses recherches.

Ils étaient dans un vallon rocailleux évasé ; la piste continuait le long d'une paroi abrupte.

— Son avantage ? grommela Fret, trébuchant de fatigue. Nous tomberons tous d'épuisement avant de mettre la main sur ce Drow !

— Si tu ne peux pas suivre, gronda Roddy, tombe et meurs ! Pas question de laisser filer cet elfe puant, cette fois !

Ce ne fut pas Fret qui trébucha. Une grosse pierre s'abattit sur le groupe avec assez de force pour faire mordre la poussière à Darda.

Colombe poussa immédiatement le nain derrière un éboulis. Gabriel et Roddy les imitèrent.

— Il est vivant ! cria Gabriel de son refuge, à une douzaine de pas.

Un autre jet de pierre manqua Darda d'un cheveu.

— Bon sang ! Kellindil, marmonna-t-elle, gagne-nous du temps.

Comme en réponse lui parvint le bruit d'une corde

d'arc, suivi d'un rugissement furieux.

Colombe et Gabriel échangèrent un sinistre sourire.

— Les géants de pierre ! s'écria Roddy, en reconnaissant le timbre grave et pourtant grinçant.

Il n'y eut pas de nouveaux jets de pierre, mais des craquements inquiétants, là où devait se trouver Kellindil.

Colombe jaillit de son abri et retourna doucement le blessé.

— Ça fait mal, murmura Darda, une grimace en guise de sourire.

— Ne parle pas.

Elle n'eut pas le temps de sortir une potion de son paquetage ; l'attaque des géants reprit de plus belle.

— Reviens ! cria Gabriel.

— Vite, vite ! renchérit Fret.

Elle tira son compagnon blessé par le bras. Quand une pierre heurta le nain, faisant un grand trou dans ses beaux habits - sans le blesser - mais Fret en fut fou de rage.

Kellindil finit par les rejoindre, se glissant près de Roddy et de son chien.

— Les géants de pierre, expliqua-t-il. Une douzaine au moins.

— C'est le Drow qui a monté ce guet-apens, gronda Roddy, martelant la pierre du poing.

Kellindil n'en était pas convaincu, mais il s'abstint de tout commentaire.

*
* *

Du haut de son perchoir, Drizzt regardait se dérouler la bataille. Dans la nuit, les géants n'avaient fait aucune difficulté à l'agile et discret Drow.

Yeux plissés aux premières lueurs matinales, il

hésitait sur ce qu'il devait faire. Aurait-il dû tenter d'avertir les humains ? Ou essayer de les entraîner loin de là ?

Une fois de plus, il ne savait pas où se situer dans ce nouveau monde, aussi brutal que l'ancien.

— Qu'ils se battent entre eux, souffla-t-il pour se convaincre lui-même.

Il se rappelait l'attaque de l'elfe, la veille, et la flèche qu'il avait retirée du flanc de Guenhwyvar.

— Qu'ils s'entre-tuent.

Il se détourna. Puis jeta un dernier regard pardessus son épaule et remarqua la manoeuvre d'encerclement des géants, tandis que des comparses faisaient tomber des pierres sur leurs victimes.

Il sut alors que ses poursuivants n'en réchapperaient pas. Une fois encerclés, ils n'auraient plus aucune chance.

Quelque chose s'éveilla en lui..., les mêmes émotions qui l'avaient poussé à agir contre les gnolls. Sans aucune certitude, il soupçonnait les géants d'être les méchants de l'histoire.

D'autres pensées l'assaillirent : il songea aux jeux des gosses, dans la ferme, au garçonnet aux cheveux blonds pataugeant dans l'auge des cochons.

Il laissa tomber la figurine d'onyx à terre.

— Viens, Guenhwyvar, ordonna-t-il. On a besoin de nous.

*
* *

— On nous encercle ! tonna Roddy McGristle.

Colombe, Gabriel et Kellindil cherchèrent une issue du regard. Ils avaient bataillé contre les géants de pierre à de nombreuses reprises. Toujours, ils s'étaient engagés avec fougue et enthousiasme, heureux de débarrasser le monde de quelques monstres. C'était différent ici, ils en avaient le sentiment. Les géants avaient la réputation d'être les plus habiles lanceurs de pierres des Royaumes, capables de tuer d'un seul jet les plus costauds. Darda était dans l'incapacité de fuir, et aucun de ses compagnons n'avait l'intention de l'abandonner aux mains de l'ennemi.

— Pars, homme des montagnes, dit Kellindil. Tu ne nous dois rien.

Roddy jeta un regard incrédule à l'elfe.

— Je ne fuis devant rien, l'ami. Rien !

Kellindil hocha la tête et banda son arc.

— S'ils parviennent à nous encercler, nous sommes perdus, expliqua Colombe. Je te supplie de me pardonner, cher Fret. Je n'aurais jamais dû t'arracher à ta demeure.

Le nain haussa les épaules. Il sortit de sous sa tunique un petit marteau de guerre. Elle sourit à cette vue ; les douces mains de son ami étaient plutôt faites pour la plume.

*
* *

Du haut du précipice, le Drow réfléchissait au moyen d'attaquer les quatre géants. Guenhwyvar devrait faire diversion assez longtemps pour que les humains en profitent.

— Viens, mon ami, murmura-t-il à la panthère.

Il tira son cimeterre et entama la descente.

Le sol était craquelé mais stable.

Les deux compagnons s'élancèrent, arrivant vite à l'aplomb des colosses. Drizzt entreprit de faire basculer un grand rocher dans le vide. Guenhwyvar choisit une tactique plus directe : il chargea l'ennemi, délogeant des rocailles qui commencèrent à dévaler la pente.

Des rocs ricochèrent, entraînant d'autres pierres qui grossirent à leur tour l'avalanche. Guenhwyvar courait en avant, messager du malheur pour les géants surpris. Il bondit parmi eux au moment où arrivaient des tonnes de pierre.

Drizzt était pris dans la tourmente ; jamais il ne pourrait se dégager d'un bond comme le félin. Il se prépara à gagner une petite corniche latérale grâce à la lévitation. S'il échouait, il mourrait écrasé.

Malgré sa détermination, il se sentit devenir lourd. Il battit pathétiquement l'air de ses bras, chercha en lui l'énergie magique...

Mais il tombait.

*
**

Colombe jeta un long regard au nuage de poussière qui s'élevait sur leur flanc gauche, désormais dégagé. Gabriel aussi avait aperçu un elfe en manteau noir.

— Nous devons partir maintenant, dit-elle.

— Et vite, approuva-t-il, avant que le groupe de droite revienne à portée de tir.

Kellindil pinça de nouveau la corde de son arc ; un ennemi hurla de douleur.

— Reste ici avec Darda, ordonna-t-elle à Fret.

Gabriel, Roddy et elle foncèrent sur les géants restants, courant en zigzag pour les empêcher d'anticiper leur trajectoire. Kellindil ne cessa pas de décocher des flèches, obligeant l'ennemi à se concentrer pour éviter les traits mortels au lieu de lancer des pierres.

Ils se dirigèrent au jugé le long des crevasses. Au détour d'un grand rocher, Roddy tomba sur un géant. Son chien bondit aussitôt à plus de six mètres de hauteur. Surpris par l'attaque du moustique, le colosse en laissa tomber sa massue. Il aurait écrasé l'insecte si la hache de Roddy n'avait fendu l'air au même instant, s'enfonçant dans la cuisse du monstre lanceur de pierres. Le chien sauta à la gorge, et le chasseur continua de tailler le géant terrassé comme il l'aurait fait avec un arbre.

*
* *

Lévitant du mieux qu'il pouvait, Drizzt chevauchait l'avalanche. Il vit un géant terrassé par la panthère.

Même s'il était assez haut pour ne pas être entraîné et écrasé, des rocs le heurtaient et la poussière irritait ses yeux sensibles. Presque aveuglé, il repéra une corniche où chercher refuge. Mais la seule manière d'y accéder était de se laisser tomber et de ramper.

Un autre bloc le percuta, manquant lui faire perdre l'équilibre. Il sentit le sortilège faiblir davantage et sut qu'il n'aurait pas d'autre chance. Il se laissa choir.

Il heurta le sol et se mit à courir. Touché à sa jambe blessée, il tenta en vain de se relever ; l'abri n'était qu'à quelques pas.

Un rocher l'atteignit dans le dos ; il crut sa fin venue. A demi assommé, il se rendit compte qu'il n'était pas mort, mais qu'il avait roulé à l'abri de l'avalanche. Il n'était pas enterré sous des amas de pierre.

Guenhwyvar était couché sur lui. Il protégeait son maître de son corps jusqu'à ce que les derniers rochers soient passés.

*
* *

Quand les crevasses cédèrent la place à un terrain plus dégagé, Colombe et Gabriel se retrouvèrent ; ils remarquèrent des mouvements derrière des rochers. Un géant surgit, hurlant de rage. Les flèches fichées dans son cou et sa poitrine ne semblaient pas le gêner. La flèche suivante l'atteignit au coude ; le monstre laissa tomber sur sa propre tête le roc qu'il brandissait. Assommé, il tomba dans la poussière, deux nouvelles flèches dans le visage.

Les deux guerriers échangèrent un bref sourire et foncèrent sur l'ennemi.

La jeune femme en attrapa un à la volée et lui trancha la main. Les géants de pierre étaient de formidables adversaires, capables d'écraser quelqu'un d'un seul coup de poing. Ils étaient dotés d'une peau dure comme de la roche. Mais blessé, surpris et sans sa massue, le géant ne pesa plus très lourd face à la guerrière. Elle bondit et abattit ses armes avec méthode, aveuglant d'abord son opposant avant de lui trancher la gorge. Puis elle se mit à l'abri des ultimes réactions du monstre à l'agonie.

Gabriel ne fut pas aussi chanceux. Le monstre accueillit sa charge roc en main. Le guerrier eut à peine le temps de lever son épée pour dévier le projectile. La violence de l'impact le projeta à terre. S'il était toujours en vie après avoir livré tant de batailles, c'est qu'il connaissait le moment de battre en retraite. Il lutta contre la vague de douleur et bondit derrière un muret dès qu'il en trouva la force.

Massue au poing, le géant le poursuivit. Dès qu'il contourna le mur, une flèche l'accueillit. Il la chassa du revers de la main comme un fétu de paille.

Gabriel fut immédiatement acculé à deux énormes rochers. Il tira sa dague en maudissant sa déveine. Colombe, débarrassée de son adversaire, accourut à la rescousse. Mais elle n'arriverait jamais à temps pour le sauver.

A l'instant où le colosse avançait pour écraser l'impudent insecte, un craquement le fit s'arrêter. Ses yeux roulèrent dans leurs orbites puis il s'effondra comme une masse, tout à fait mort.

Gabriel faillit éclater de rire en découvrant l'explication.

Si le marteau du nain était assez petit, ce n'en était pas moins une arme solide ; d'un seul mouvement, Fret avait fait mouche.

A voir les expressions ahuries de ses acolytes, il n'eut pas l'air amusé du tout.

— Je suis un nain, après tout ! s'indigna-t-il.

Croisant les bras, il souilla sa belle tunique du sang collé au marteau, et prit une mine horrifiée.

Cette fois, Colombe et Gabriel rirent aux éclats.

— Sachez que vous allez me payer cette tunique ! s'indigna-t-il. Ah oui !

Un cri les alerta. Les quatre derniers monstres, voyant les leurs ensevelis sous l'avalanche, ou si efficacement taillés en pièces, perdirent tout intérêt pour l'embuscade et s'enfuirent.

A leurs trousses se lancèrent Roddy McGristle et son chien hurleur.

*
* *

Un seul colosse, réchappé de l'éboulis et des griffes de la panthère, courait au sommet du ravin.

Drizzt lança le félin à sa poursuite, puis trouva une branche en guise de canne. Meurtri, contusionné, mal remis de son combat contre le barghest, il repartit. Un mouvement en contrebas attira son attention ; il s'immobilisa. Il se tourna vers l'elfe blanc... et vit l'arc bandé, prêt à tirer sur lui.

Nul refuge où plonger pour s'abriter. Même s'il invoquait à nouveau un globe de ténèbres, son cousin blanc ne manquerait pas sa cible. Redressant les épaules, il fit face, fièrement.

Kellindil détendit sa corde et ôta la flèche de l'arc. Lui aussi avait vu une forme sombre flotter au-dessus de l'avalanche...

— Les autres sont retournés avec Darda, dit Colombe, et McGristle poursuit...

Kellindil ne répondit pas, et ne se retourna pas davantage. Il hocha sèchement la tête, désignant la silhouette sombre qui s'éloignait.

— Laisse-le aller, dit-elle. Celui-là ne fut jamais notre ennemi.

— Je crains de laisser un Drow en liberté, répondit Kellindil.

— Moi aussi. Mais je crains davantage les conséquences si McGristle lui met la main dessus.

— Nous allons retourner à Maldobar et nous débarrasser de cet homme, proposa l'elfe. Puis les autres et toi retournerez à Sundabar. J'ai de la famille dans ces montagnes ; je veillerai à ce qu'il n'arrive rien de fâcheux du fait de notre ami à la peau noire.

— Entendu, dit Colombe.

L'elfe s'arrêta un instant avant de suivre la jeune femme. Il sortit un flacon de son paquetage et le posa à terre. A la réflexion, il déposa un second objet. Satisfait, il emboîta le pas à la rangère.

*
* *

Le temps que Roddy McGristle revienne de sa futile poursuite, les autres avaient tout empaqueté. Ils étaient prêts à partir.

— Sus au Drow ! clama Roddy. Il a repris un peu d'avance, mais nous aurons vite fait de le rattraper.

— Le Drow est parti, annonça Colombe. Nous ne

le poursuivrons plus.

Incrédule, le trappeur parut sur le point d'exploser.

— Darda a besoin de repos, gronda-t-elle. Kellindil n'a plus de flèches et nos vivres sont épuisés.

— Je n'oublierai pas si facilement les Poil-de-Chardon !

— Les Poil-de-Chardon ont déjà été vengés, ajouta Colombe, tu sais que c'est la vérité, McGristle. Il ne les a pas tués, il a massacré leurs assassins !

Furieux, McGristle se détourna. C'était un chasseur de primes expérimenté, donc un enquêteur chevronné. Il avait reconstitué la vérité depuis longtemps. Mais il ne pouvait oublier la cicatrice qui le défigurait, la perte de son oreille, et la prime offerte pour la tête du Drow.

La rangère comprit son silence lourd de signification.

— Les gens de Maldobar ne seront pas si pressés de revoir le Drow quand ils apprendront la vérité sur ce massacre, dit-elle, et moins encore de payer, à mon avis.

Il lui décocha un regard noir, mais il ne pouvait pas la contredire. Quand le groupe reprit la route en sens inverse, Roddy McGristle le suivit.

*
* *

Drizzt revint un peu plus tard sur les lieux. Il cherchait un indice sur la direction prise par ses poursuivants. Il trouva le flacon de Kellindil et approcha prudemment. Il se détendit en apercevant un autre objet : la minuscule dague prise au lutin, qu'il avait lancée contre l'elfe blanc.

Le liquide du flacon diffusait une douce odeur ; la gorge encore desséchée par la poussière, Drizzt en prit volontiers une lampée. De délicieux picotements lui parcoururent l'échine, le rafraîchirent et le revitalisèrent. Il avait à peine mangé depuis des jours, mais les forces qui avaient fui sa silhouette à présent frêle revinrent dans ses membres. Sa jambe blessée s'engourdit un instant, puis reprit elle aussi de la vigueur.

Une vague de vertige s'abattit sur lui ; il se traîna à l'ombre d'un énorme rocher pour s'y étendre.

Quand il se réveilla, le ciel était constellé d'étoiles. Il se sentit nettement mieux. Sa jambe blessée était prête à supporter de nouveau son poids. Il savait qui avait laissé le flacon et la dague pour lui. Le comportement de l'elfe blanc était des plus curieux.

TROISIÈME PARTIE

MONTOLIO

Aux yeux des peuples du monde, rien n'est plus hors d'atteinte, ni plus déterminant que le concept de divinité.

Dans ma patrie, j'ai appris peu de choses sur la nature de ces êtres surnaturels ; la Reine Araignée Lloth n'est sûrement pas un bon exemple.

Après avoir été témoin des machinations de Lloth, je ne fus plus si prompt à croire. La morale n'est-elle pas une force intérieure, et en ce cas, les principes doivent-ils en être dictés ou ressentis ?

Il s'ensuit la question fondamentale : les dieux sont-ils des êtres réels, ou les manifestations de croyances collectives ? Les elfes noirs sont-ils maléfiques parce qu'ils suivent les préceptes de la Reine Araignée, ou Lloth est-elle le symbole de la conduite naturellement démoniaque des Drows ?

De même, quand les barbares du Val Bise chargent leurs ennemis à travers la toundra, hurlant le nom de Tempus, Seigneur des Batailles, suivent-ils les préceptes de Tempus, ou Tempus est-il le nom idéalisé qu'ils donnent à leurs actions ?

A ceci, je n'ai pas de réponse, n'en déplaise aux prêtres qui affirme en avoir une. Au grand dam des prédicateurs, le choix d'un dieu est affaire personnelle, et l'alignement d'un être sur le bien ou le mal se fait en fonction de ses principes. Un missionnaire est capable de convertir par la force ou par la tromperie, mais aucun être rationnel ne peut réellement suivre les ordres d'une divinité s'ils vont contre ses idées. Ni moi, Drizzt Do'Urden, ni mon père, Zaknafein, n'aurions jamais pu devenir les créatures de la Reine Araignée. Et Wulfgar du Val Bise, mon ami des dernières années, même s'il clame encore le nom de son dieu au combat, ne satisfait plus l'entité nommée Tempus, excepté quand il fait usage de son puissant marteau de guerre.

Les dieux des Royaumes sont légion. Ou sont-ce les noms et identités attachés à un seul être divin qui sont légion ?

Je ne connais pas la réponse à cette question.

D'ailleurs, cette réponse ne m'intéresse pas beaucoup...

Drizzt Do'Urden.

CHAPITRE XI

HIVER

Drizzt se fraya un chemin à travers bois des jours durant, pour mettre autant de distance que possible entre le village et lui. Sa décision de fuir n'avait pas été consciente ; moins désespéré, il aurait pu reconnaître le don de la potion de guérison et la restitution de la dague comme des signes d'une relation possible.

Mais le souvenir de Maldobar et la culpabilité le hantaient. La communauté humaine n'était plus qu'un épisode dans sa longue quête d'un foyer. La menace de malheur et de tragédie, chaque fois qu'il s'arrêterait près d'un village, n'était que trop claire. Il ne songea pas que la présence des barghests avait été un accident. En l'absence de ces démons, les choses auraient pu tourner de façon différente.

A ce point de désespoir et de renonciation, toutes les pensées de l'elfe exilé tournaient autour d'un unique mot répété sans fin dans sa mémoire : « drizzit ».

Un mot qui lui transperçait le cœur.

Sa piste le conduisit devant une gorge abrupte où roulait le tonnerre des rapides. L'air s'était rafraîchi, un phénomène incompréhensible pour Drizzt, et la rosée lui fit du bien. Il descendit jusqu'aux berges ; cela lui prit la majeure partie de la journée.

Aucun cours d'eau, en Ombre-Terre, n'avait cette splendeur. Le Rauvin bondissait sur les roches, projetant des gerbes d'eau à plusieurs mètres de hauteur, puis il plongeait brusquement dans une chute cinq fois haute comme l'elfe. Plus important encore, ce lieu paraissait un sanctuaire possible. De nombreux bras morts flanquaient le cours d'eau principal, calmes poches d'eau sauvées de la fureur des rapides. Des poissons s'y reposaient de leur combat contre les courants.

Leur vue fit gronder son estomac. Il s'agenouilla, arme au poing. Les reflets du soleil lui jouèrent d'abord des tours, mais il était malin et il comprenait vite. Quand sa main replongea, il saisit une truite longue de trente centimètres ; il ne tarda pas à en attraper une seconde. Il mangerait bien ce soir, pour la première fois depuis qu'il avait fui le village. Et il disposait de toute l'eau du monde pour étancher sa soif.

L'endroit s'appelait le défilé de l'Orc Mort. Si des centaines d'orcs étaient effectivement tombés dans ces passes en combattant des humains, des milliers y vivaient toujours, tapis dans les grottes alentour, prêts à fondre sur les intrus. Bien peu d'hommes s'y aventuraient, et parmi ces audacieux ne figurait aucun sage.

Pour l'innocent Drizzt, cette oasis poissonneuse avait tout de la retraite parfaite.

Préférant pêcher la nuit, il passa ses journées blotti à l'ombre des nombreuses alvéoles rocheuses. Ce rythme ne lui sembla pas un retour à son ancienne existence. Il s'était juré, en arrivant dans ce monde, de s'adapter et de vivre le jour. Il ne nourrissait plus cette illusion. Les nuits blessaient moins ses yeux et altéraient moins les propriétés magiques de son cimeterre.

Il lui fallut peu de temps pour comprendre la préférence des habitants de la surface pour le jour et la chaleur du soleil. Il devait souvent chercher refuge contre les vents froids de la nuit. L'hiver arrivait du nord à grands pas ; originaire d'Ombre-Terre qui ignorait tout des saisons, Drizzt n'avait aucun moyen de le savoir.

Une nuit, les doigts engourdis, l'elfe comprit que même avec Guenhwyvar pelotonné contre lui, le froid qui paralysait déjà ses extrémités le tuerait. Survivrait-il pour voir l'aube suivante ?

— Il fait trop froid, Guenhwyvar, chuchota-t-il entre deux claquements de dents, trop froid...

Il fit jouer ses muscles pour tenter de ramener le sang dans ses membres transis. Puis il concentra ses pensées sur la chaleur, tâchant de tromper ses douleurs et son désespoir. Un souvenir se détacha dans sa mémoire : les cuisines de l'Académie, à Menzoberranzan. Il avait toujours vu les flammes des rôtissoires comme un moyen de cuisiner, et de faire de la lumière. A présent, le feu revêtait une importance plus grande pour l'elfe grelottant. Horrifié, il comprit qu'il aurait *dû* faire du feu. Sa vie ne tenait plus qu'à un fil.

Il chercha des yeux de quoi allumer un foyer.

— Trouve-moi... de grosses branches, souffla-t-il à Guenhwyvar, ne connaissant aucun mot pour « bois » ou « arbre ». (L'animal le regarda sans comprendre.) Du feu, supplia-t-il.

L'elfe tenta en vain de se dresser sur ses jambes ankylosées.

Le félin comprit. Avec un feulement, il s'élança dans la nuit. Il revint très vite, poussant un tas de branches et de broussailles. Trop préoccupé par sa survie, Drizzt ne s'étonna pas de la promptitude de son retour.

Il lutta de longues minutes pour allumer un feu, frottant sa dague contre un roc, puis il entretint soigneusement la minuscule étincelle entre ses mains en coupole.

*
* *

— Les flammes sont hautes, dit un elfe.

Kellindil opina, l'air grave. Il était revenu de Maldobar tandis que Colombe et les autres retournaient à Sundabar. Il avait rencontré une petite famille d'elfes, parents de la sienne, qui vivaient près du défilé de l'Orc Mort. Avec leur aide, Kellindil n'avait eu aucun mal à retrouver la trace du Drow. Curieux, ses cousins et lui l'avaient observé durant ces dernières semaines.

Le mode de vie inoffensif de Drizzt ne chassait pas encore leurs doutes. C'était un Drow après tout, noir de peau et réputé noir de cœur.

L'archer fut pourtant soulagé, lui aussi, de voir brûler dans la nuit un feu salvateur ; l'elfe solitaire ne mourrait pas gelé. Kellindil était d'avis que ce Drow-là ne méritait pas un tel sort.

*
* *

Plus tard cette nuit-là, pelotonné contre Guenhwyvar, Drizzt contemplait la nuit étoilée.

— Te souviens-tu de Menzoberranzan ? demanda-t-il à son ami. De notre première rencontre ?

Si le félin comprit, il ne le montra pas. Bâillant, il roula contre l'elfe et laissa tomber sa tête entre ses deux pattes de devant.

Souriant, Drizzt lui frotta amicalement l'oreille.

Quand une grande chouette, aux plumes cornées sur sa tête ronde, surgit soudain du ciel, l'elfe bondit, dague et cimeterre en main, avant de réaliser, la seconde suivante, qu'il ne s'agissait pas d'un ennemi.

Guenhwyvar aussi réagit à l'intrusion : profitant de l'espace dégagé, il se roula plus près de la chaleur du feu, s'étira langoureusement, et bâilla de nouveau.

*
* *

La chouette se laissa porter par la brise, jusqu'à la paroi opposée du défilé où se nichait un épais taillis de conifères. Elle se posa sur une passerelle de lianes construite sur les plus hautes branches de trois épineux. Après quelques instants passés à lisser méthodiquement son plumage, l'oiseau de nuit activa une clochette d'argent.

— J'arrive, dit une voix au-dessous, après le second tintement. Patience, Corneur, patience pour un vieil aveugle.

Comme si elle appréciait le petit jeu, la chouette agita derechef la clochette.

Un vieil homme aux superbes bacchantes grisonnantes et aux yeux blancs apparut sur le pont suspendu. Il sautilla jusqu'à l'oiseau. Montolio avait autrefois été un ranger de grand renom. De son propre choix, il passait ses dernières années dans les montagnes, en ermite, entouré des créatures qu'il aimait le plus (du nombre desquelles il excluait les humains, les elfes, les nains et les autres races dites intelligentes). En dépit de son grand âge, il restait droit et fier, même si le poids des années avait ratatiné une de ses mains, l'apparentant curieusement à la patte de l'oiseau dont il approchait.

— Patience, Corneur, répéta-t-il à plaisir.

Qui l'aurait vu évoluer, gracieux et agile sur la frêle passerelle de rondins, n'eût jamais soupçonné sa cécité. Ceux qui connaissaient Montolio ne l'auraient jamais qualifié non plus d'« aveugle ». Ils auraient dit que ses yeux ne fonctionnaient plus, se hâtant de préciser que le vieil homme s'en passait très bien. Avec ses talents, ses connaissances et ses amis les animaux, il « voyait » bien mieux le monde qui l'entourait que les gens dotés d'une vue normale.

Il tendit le bras ; la grande chouette s'y jucha aussitôt, enserrant la manche de cuir de ses griffes.

— Tu as vu le Drow ? demanda-t-il.

L'oiseau répondit par un ululement, puis émit une complexe série de cris et de pépiements gutturaux. Montolio écouta attentivement. Avec l'aide de ses amis, en particulier la chouette bavarde, le ranger surveillait le nouveau venu depuis des jours, curieux de connaître les raisons qui avaient poussé un elfe noir solitaire à s'aventurer dans ces régions. Il l'avait d'abord tenu pour un agent de Graul, le chef orc. Le temps passant, ses déductions prenaient un tour différent.

— Un bon signe, commenta-t-il quand la chouette l'assura que l'intrus n'avait eu aucun contact avec les orcs.

Ils étaient assez mauvais comme ça sans compter des alliés aussi puissants que les elfes noirs !

La chose restait bizarre ; les hommes-sangliers n'avaient pas dû remarquer la présence du Drow. Il était resté discret, ne sortant qu'à la nuit tombée.

Quoi qu'il en soit, l'affaire offrait un heureux divertissement au vieil homme, occupé à préparer son logis pour l'hiver. Il ne craignait pas le voisinage des orcs ou de l'elfe noir - il ne craignait pas grand-chose. Et si tous ces gredins n'étaient pas alliés, le conflit qui couvait vaudrait la peine d'être vu.

*
* *

Les giboulées cédèrent rapidement le pas aux offensives de l'hiver. Drizzt comprit vite la signification des amas de nuages gris. Mais quand la tempête éclata, sous forme de neige et non de pluie, il en fut profondément étonné. Il avait vu la blancheur couronner la cime des pics montagneux, mais jamais il n'avait songé à les escalader pour aller y voir de plus près. Il avait attribué le phénomène à une coloration particulière de la roche à haute altitude. Il regardait à présent les flocons de neige descendre lentement des cieux, disparaître dans les rapides, reparaître à fleur de roche.

Sous un ciel de plus en plus plombé, Drizzt parvint à une sinistre conclusion. Il appela Guenhwyvar auprès de lui.

— Nous devons trouver un abri, expliqua-t-il au félin. Et faire provision de bois de chauffage.

Plusieurs grottes s'ouvraient sur les parois opposées du défilé. Drizzt en choisit une, profonde et abritée des vents par un entrelacs de broussailles.

Le sol était irrégulier, semé d'éboulis, et la voûte assez basse. Il déposa son fardeau de branches et de brindilles en apercevant une seconde chambre à l'arrière. Sentant une présence étrangère, il dégaina son cimeterre. Il se glissa de côté et jeta un coup d'œil. Avec l'infravision, il n'eut aucune peine à distinguer une grosse masse luisante, qu'il identifia aussitôt, même s'il n'en connaissait pas le nom. Il avait souvent vu cet animal pêcher avec une rapidité déconcertante, eu égard à sa lourdeur apparente.

Quel que soit son nom, Drizzt n'avait nulle envie de se battre pour la possession de la caverne. Les grottes ne manquaient pas.

Le grand ours brun en décida autrement. Se dressant de toute sa hauteur sur ses pattes arrière, il poussa un rugissement assourdissant, et exhiba de respectables crocs.

L'entité astrale reconnut en lui un ancien ennemi, que les grands félins avisés se gardaient d'approcher de trop près. Pourtant, la courageuse panthère s'interposa pour permettre à son maître de fuir.

— Non, Guenhwyvar ! ordonna l'elfe, l'agrippant par le cou pour le jeter en arrière.

L'ours, qui était des amis de Montolio, n'esquissa aucun geste agressif, mais tint férocement sa position. Il n'appréciait pas de voir son hibernation remise en cause par cette irruption saugrenue.

L'elfe eut une curieuse impression - non pas vraiment d'une complicité avec l'animal, mais d'une étrange compréhension. Il se sentit stupide en remettant son épée au fourreau, mais ne put nier cette empathie. C'était comme s'il voyait la scène avec les yeux de l'ours.

Prudemment, il avança. Surprise, la bête baissa ses griffes ; sa grimace féroce se mua en une expression que Drizzt interpréta comme de la curiosité.

Dans sa gibecière, il prit le poisson qu'il réservait pour le souper, et le jeta aux pieds de la bête. Le plantigrade renifla l'offrande avant de l'engloutir.

La tension disparut. L'ours se roula de nouveau en boule et ronfla paisiblement.

Drizzt jeta un regard à Guenhwyvar et haussa les épaules, dérouté. Comment avait-il pu communier avec la bête sauvage ? La panthère avait senti l'échange muet ; son poil n'était plus hérissé, sa robe redevint lisse.

Par la suite, l'elfe prit soin de partager ses repas

avec l'ours endormi, qui émergeait de sa léthargie le temps de renifler les belles prises offertes et de les gober goulûment. Rassasié, l'animal passa le plus clair de son temps à ronfler et à rêver de baies, de rayons de miel et d'ourses.

*
* *

— *Il loge avec Bravache* ? hoqueta Montolio, quand il l'apprit du bec loquace de sa chouette.

Il en serait tombé sur le séant, s'il n'avait été soutenu par un tronc d'arbre. Il connaissait le vieil ours depuis des années, mais lui-même aurait difficilement cohabité avec lui. Bravache s'enflammait pour un rien, ainsi que l'avaient appris à leurs dépens bon nombre d'écervelés à la botte de Graul.

— J'imagine qu'il est trop endormi pour discuter...

Mais le vieux ranger flairait anguille sous roche. Si un orc ou un gobelin s'était aventuré dans son antre, Bravache l'aurait aplati comme un vulgaire moustique. Le Drow et sa panthère y avaient pourtant élu domicile ; ils vivaient en bonne intelligence avec le grognon propriétaire des lieux, occupé à ronfler tout son soûl.

De par son métier et ses relations avec les collègues, Montolio avait eu vent de choses plus bizarres. Jusqu'à présent, il avait cru cette étrange communication mentale avec les animaux féroces réservée aux elfes blancs, aux *diligents*, aux gnomes et aux humains habitués aux montagnes et aux forêts.

De deux choses l'une : ou les elfes noirs avaient plus d'un tour dans leur sac, ou cet elfe noir-là n'était pas si « lié » que ça à sa parenté. Etant donné son comportement atypique, Montolio opta pour la seconde hypothèse, brûlant déjà d'en avoir le cœur net. Son enquête attendrait pour l'instant. Très peu de créatures vaquaient à découvert pendant les chutes de neige.

*
* *

Guenhwyvar sauva la vie de son ami dans les semaines qui suivirent. Chaque fois qu'il revenait de son plan astral, il rapportait à l'elfe de quoi alimenter son feu et ranimer ses forces déclinantes.

Survivre dans un autre monde restait un tour de force pour l'exilé. Chaque jour, il devait aller briser la glace pour attraper des poissons. Il rentrait dans la grotte, gelé jusqu'aux os. Il apprit vite à construire un brasier avant de mettre un pied dehors...

Même le ventre plein, baignant dans la bienfaisante chaleur du feu, Guenhwyvar contre lui, il se sentait glacé et totalement misérable. Pour la première fois depuis de nombreuses semaines, il se demanda s'il était bien sage d'avoir quitté Ombre-Terre, et dans son désespoir croissant, s'il était réellement sage d'avoir abandonné Menzoberranzan.

— Pauvre épave errante que je suis, se lamentait-il de plus en plus souvent, grisé par l'auto-apitoiement. Je mourrai bientôt ici, seul et glacé.

Il n'avait aucune idée de ce qui se produisait autour de lui. La chaleur qui l'avait accueilli à son arrivée dans cet étrange univers reviendrait-elle jamais ? Ou s'agissait-il d'une malédiction dirigée contre lui par ses ennemis de Menzoberranzan ? Et que faire ? Rester dans cette grotte à attendre la fin de la « tempête », ou quitter cette vallée à la recherche de climats plus tempérés ?

Il serait parti, et sûrement mort en chemin, s'il n'avait remarqué une chose : les jours diminuaient, les nuits s'allongeaient. Le soleil allait-il disparaître et plonger l'univers dans les ténèbres éternelles et glacées ? Il en doutait. Il commença à mesurer les heures avec un sablier de fortune.

Son désespoir s'accrut avec l'allongement des nuits. Ses forces continuèrent de décliner. Frêle et tremblant, il était vraiment devenu une épave. Puis il remarqua le solstice d'hiver, et finit par en croire ses calculs : les jours s'allongeaient de nouveau !

Il retrouva l'espoir. Il avait eu l'intuition d'une variation saisonnière, et soupçonné que l'ours accumulait de la graisse en prévision de l'hiver.

Il fut convaincu que cette désolation aurait une fin.

Le solstice ne lui apporta pas une rémission immédiate. Les vents redoublèrent de furie, la neige continua de s'amonceler. Mais le Drow avait retrouvé sa détermination. Il faudrait plus qu'un hiver pour venir à bout de sa volonté d'acier.

En l'espace d'une nuit, lui sembla-t-il, le cours des choses s'inversa. Les neiges tombèrent moins dru, le fleuve se libéra de ses glaces, et le vent charria enfin des températures plus douces. Drizzt sentit un regain de chaleur et de vitalité couler dans ses veines. Il connut l'exaltante montée de sève printanière que ressentent tous les êtres de la surface.

Un matin, tandis qu'il achevait son repas et se préparait à dormir, l'autre occupant des lieux arriva à pas pesants, considérablement plus mince et pourtant formidable. Drizzt l'observa, hésitant à s'emparer de son épée et à invoquer Guenhwyvar. L'ours ne lui prêta aucune attention. Il se contenta de renifler et de lécher la pierre plate dont Drizzt s'était servi en guise d'assiette. Puis il sortit au soleil, bâilla et s'étira longuement. Son sommeil hivernal était terminé, comprit le Drow ; il serait judicieux de ne pas encombrer davantage son antre.

L'intrus était parti avant que l'ours revienne. La bête trouva, à son ravissement, une dernière offrande : un magnifique poisson.

Drizzt élut domicile dans une autre grotte, moins profonde et moins bien protégée.

CHAPITRE XII

CONNAÎTRE SES ENNEMIS

L'hiver s'en fut comme il était venu : vite. Les neiges fondirent aux trois quarts, l'air se réchauffa, et Drizzt adopta un rythme de vie confortable. Son plus gros problème était la réfraction du soleil sur la neige, qui l'empêchait de sortir à sa guise le jour.

Il ne s'inquiétait guère ; il retrouverait bientôt la vie facile des jours ensoleillés.

Bien nourri, bien remis, à la douce lueur argentée d'une nuit de pleine lune, il sortit et contempla, rêveur, l'autre côté du défilé par-delà le fleuve et ses rapides.

Il avait repéré une série de rochers affleurant encore à la surface de l'eau malgré la fonte des neiges. Ils lui permettraient de traverser à gué.

La nuit était encore jeune. Porté par l'esprit d'aventure si typique de cette saison, Drizzt décida d'aller voir par lui-même. Il avança dans l'eau et sauta de rocher en rocher. Pour un homme, un orc et la plupart des autres races, sauter ainsi de rocher mousseux en roche glissante eût été pure folie ; l'elfe ne rencontra aucune difficulté.

Il atterrit sur l'autre berge, bondissant de crevasse en éboulis sans inquiétude. Combien son comportement aurait changé s'il avait su qu'il venait d'empiéter sur le territoire de Graul, chef suprême des orcs !

*
* *

Une patrouille repéra vite l'elfe fringant. Les orcs l'avaient aperçu parfois, quand il pêchait au bord de la rivière. Craignant les elfes noirs, Graul avait ordonné à ses troupes de garder leurs distances ; les neiges devraient chasser rapidement l'intrus. Mais l'hiver était passé, et voilà qu'à présent il traversait le fleuve !

Graul se tordit nerveusement les mains quand on lui rapporta la nouvelle. Savoir qu'il s'agissait d'un solitaire réconforta quelque peu le grand monstre. Ce pouvait être un éclaireur ou un renégat ; impossible d'en avoir le cœur net, mais les implications, dans un cas comme dans l'autre, n'étaient pas pour lui plaire. Si c'était un éclaireur, d'autres suivaient ; si c'était un renégat, il rechercherait des alliances.

Graul était chef depuis des années, une chose peu commune chez les orcs. Il avait survécu sans prendre aucun risque, ce qu'il était bien déterminé à faire cette fois encore. Un elfe noir était capable de prendre le commandement d'une tribu. Cela, il ne le permettrait pas. Deux patrouilles partirent cette nuit-là, avec ordre formel de tuer l'intrus.

*
* *

Une bise glaciale soufflait le long des parois ; on

s'enfonçait plus profondément dans la couche de neige. Mais Drizzt n'en avait cure. Un tapis d'épineux se déroulait sous ses yeux, assombrissant les vallons. Il l'invitait à explorer, après toute une saison passée dans une grotte exiguë.

Il s'aperçut qu'on le suivait. Des ombres fugaces jouaient à la périphérie de sa vision... Mais ses instincts guerriers l'avertissaient sans le moindre doute. Il grimpa une pente abrupte à vive allure. Parvenu à la plus haute crête, il se glissa derrière un rocher et observa le chemin qu'il venait d'emprunter.

Sept silhouettes sombres - six humanoïdes et une grande aux allures plus canines -, émergèrent des taillis à sa suite. Elles suivaient sa trace avec soin et méthode. Il chercha des yeux la meilleure retraite possible, ou le meilleur point de défense.

Quand il s'aperçut qu'il avait inconsciemment empoigné son cimeterre et sa dague, il s'arrêta pour réfléchir.

Bondir sur eux, les combattre et gagner probablement ? Mais quel poids l'accablerait après une nouvelle tuerie ? Il ne voulait aucun combat, aucun contact. Il n'en supporterait pas davantage.

Entendre le langage guttural des orcs ne changea rien à sa résolution. Il n'avait aucun amour pour eux - il avait vu assez de ces nauséabondes créatures à Menzoberranzan -, mais il n'avait pas de raison de leur chercher querelle. Il disparut dans la nuit.

Les orcs s'acharnèrent. Drizzt comprit qu'il aurait dû combattre quand le terrain était à son avantage. La lune avait disparu et le ciel prenait la teinte bleuâtre qui annonçait une aube toute proche. Les hommes-sangliers ne prisaient guère le soleil, mais avec la neige qui réfléchissait les rayons, l'elfe noir n'était pas à la fête.

Entêté, le Drow refusa encore de faire face et chercha à distancer ses poursuivants en retournant d'où il venait. Ce fut sa seconde erreur, car une autre bande d'orcs, accompagnée d'un loup et d'un géant de pierre, attendait en embuscade.

L'elfe s'en remit à sa vitesse.

Un grondement de bête féroce l'alerta un instant avant qu'un loup au poil hérissé, un worg, saute sur un éperon rocheux, lui coupant toute retraite. Drizzt plongea sous la bête qui bondissait ; il y eut un éclair, et le cimeterre fendit la gueule du fauve au passage.

Les six orcs accoururent, brandissant lances et gourdins. Le Drow évita de justesse un lourd projectile.

Instinctivement, il invoqua un globe de ténèbres.

Les quatre premiers monstres disparurent dans l'obscurité magique sans s'en rendre compte. Les deux derniers, confus, s'arrêtèrent, serrant nerveusement leurs armes. Des cris et des coups montèrent dans les airs, comme si une armée invisible livrait bataille à leur nez et à leur barbe. Un feulement inexplicable se mêla au vacarme.

Anxieux, ils auraient voulu voir arriver plus vite le géant de pierre. Un, puis deux orcs s'extirpèrent du globe noir avec des hurlements de terreur. Le premier disparut à toute allure. Le second fut terrassé par Guenhwyvar, qui lui arracha la vie à coups de griffes. Sans rompre son élan, le félin bondit sur les deux derniers qui tentaient de fuir.

Drizzt réapparut de l'autre côté de la sphère magique, indemne, ses armes rouges de sang. Quand le géant vint se planter devant lui, l'elfe ne se démonta pas : il bondit en prenant élan sur une grosse pierre, cimeterre pointé.

Son agilité et sa vitesse prirent le colosse par surprise : celui-ci n'eut pas le temps d'utiliser sa massue ou de parer le coup. Mais le cimeterre avait été trop longtemps exposé à la lumière d'un autre monde. Frappant la peau rocailleuse, la lame se brisa à hauteur du pommeau.

Drizzt sauta en arrière, trahi pour la première fois par l'acier.

Avec un cri sauvage de triomphe, le géant leva sa massue... Une silhouette noire fondit sur lui et s'agrippa à sa poitrine.

Guenhwyvar lui sauvait la vie une fois de plus ; mais le titan n'en avait pas terminé avec eux. Il se débattit jusqu'à ce que le félin lâche prise. La neige céda sous le poids de la bête, qui fut entraînée dans une petite avalanche. Elle s'en libéra, mais loin de la scène du drame.

Le géant n'avait plus envie de rire. De profondes entailles couraient sur son torse et son visage. La seconde bande approchait rapidement.

Comme tout guerrier avisé l'eût fait à sa place, Drizzt tourna les talons et s'enfuit.

Si les deux orcs étaient revenus à cet instant, ils lui auraient aisément coupé la route. Mais les hommes-sangliers n'étaient pas réputés pour leur bravoure ; ces deux-là fuirent sans demander leur reste.

Quand le soleil perça les nuages, ajoutant encore à son désespoir, l'elfe sut qu'il était arrivé au bout de sa route. Un éboulis se dressait devant lui, coupant toute retraite. Il posa son paquetage, conscient que le temps jouait contre lui.

La bande menée par le worg rejoignit le géant ; ils se rendirent mutuellement confiance ; ensemble ils traquèrent l'ennemi.

Acculé à l'énorme mur de roches, l'elfe fit courageusement face.

Le premier orc tâta de sa dague. Un autre arracha la belle arme de la gorge de son compagnon pour pouvoir s'en servir à son tour. Drizzt ramassa l'épieu grossier qu'il n'avait eu aucun mal à esquiver, et attendit le géant, aveuglé par le soleil.

Soudain, une chouette fondit sur le colosse en poussant un long ululement. L'instant suivant, une flèche se ficha dans le dos du monstre.

Le Drow ne perdit pas de temps à se poser des questions. Il jeta sa lance.

Le titan aurait réagi si une seconde flèche ne l'avait touché encore, annoncée par un ululement. Un troisième ululement précéda un nouveau trait, qui fit mouche.

Les orcs jetèrent des regards affolés autour d'eux. Mais ces monstres nocturnes avaient du mal à lutter contre l'éclat du soleil matinal sur la neige.

Touché en plein cœur, le géant n'avait pas encore compris que sa vie était terminée. Le Drow le frappa dans le dos. Il s'effondra.

Les orcs se regardèrent, cherchant par où fuir.

L'étrange chouette plongea de nouveau sur un homme-sanglier. Celui-ci se mit à piailler d'une voix stridente et à battre l'air de ses bras. Puis il redevint silencieux, une flèche fichée dans la gorge.

Les quatre survivants s'enfuirent. Deux furent achevés par le Drow quand ils se précipitèrent sur lui. Celui qui avait tenté de fuir fut tué par l'archer invisible. Le quatrième se crut plus malin, jusqu'à ce qu'il atterrisse entre les griffes d'une panthère noire, au détour d'un éboulis...

Drizzt s'adossa à la paroi, épuisé, serrant sa lance ; l'étrange oiseau planait au-dessus de la scène. Il gardait ses distances.

Un mouvement, en hauteur, attira l'attention de l'elfe. Malgré la lumière, il crut discerner une forme humaine qui descendait à sa rencontre.

La chouette revint tournoyer au-dessus de sa tête. Cette fois, ses cris furent accompagnés non par des flèches, mais par l'archer en personne.

Il était grand, droit, très âgé, doté d'énormes moustaches grisonnantes et d'une tignasse poivre et sel. Le plus curieux dans tout cela, c'étaient ses yeux blancs dépourvus de pupille. S'il n'avait pas été témoin de ses exploits, le Drow l'aurait cru aveugle. Il semblait frêle, mais Drizzt ne se laissa pas abuser par les apparences. L'archer gardait son arc bandé sans effort notable. Il n'y avait pas besoin d'être grand clerc pour voir avec quelle redoutable efficacité l'humain s'en servait.

Le vieil homme dit quelques mots dans une langue incompréhensible, dans une autre, puis en gobelin :

— Qui es-tu ?

— Drizzt Do'Urden.

— Est-ce un nom ? (Il eut un petit rire et haussa les épaules.) Quoi qu'il en soit, qui que tu sois, et quelles que soient les raisons de ta présence, tout cela est sans importance.

La chouette se mit à crier et à tournoyer follement. Trop tard... Derrière le vieil homme, Guenhwyvar couvrit les derniers mètres d'un bond, oreilles aplaties, crocs dénudés.

Apparemment peu concerné, l'homme finit sa déclaration :

— Tu es mon prisonnier maintenant.

Guenhwyvar gronda doucement ; le Drow eut un grand sourire :

— Je ne crois pas.

CHAPITRE XIII

MONTOLIO

— Un ami à toi ? s'enquit calmement le vieil homme.
— Guenhwyvar, expliqua Drizzt.
— Un gros chat ?
— Oh oui !

Il baissa lentement son arc. Il ferma les yeux, renversa la tête en arrière et parut se replier sur lui-même. L'instant suivant, les oreilles de la panthère se dressèrent d'un coup ; le Drow comprit que l'humain entrait en contact télépathique avec le félin.

— *Bon* chat aussi.

Guenhwyvar fit le tour - envoyant la chouette battre frénétiquement de l'aile -, et se rangea au côté de l'elfe noir, convaincu que l'homme n'avait rien d'un ennemi.

Drizzt trouva son comportement curieux. Il lui rappelait sa réaction face à l'ours, une saison plus tôt.

— Bon chat... (Drizzt s'adossa à la paroi.) Je

suis Montolio, dit fièrement l'archer, comme si le nom à lui seul devait intimider l'inconnu. Montolio DeBrouchee.

— Ravi et adieu, dit Drizzt dans un même souffle. Si nous en avons fini, continuons chacun notre route.

— Continuons chacun notre route, oui, si c'est là ce que nous choisissons.

— Suis-je... encore... ton prisonnier ?

Le rire sincère de Montolio amena un sourire sur les lèvres de l'elfe.

— Mon prisonnier ? Non, non, je crois que nous avons réglé ce problème. Mais tu as tué quelques serviteurs de Graul ; il voudra les venger. Laisse-moi t'offrir l'hospitalité dans mon château. Les orcs n'approcheront pas. (Il sourit, puis se pencha, murmurant comme s'il s'agissait d'un grand secret :) Ils ne s'approchent pas de moi, vois-tu. (Il désigna ses yeux blancs :) Ils s'imaginent que j'ai le mauvais œil à cause de...

Il chercha un mot approprié, mais le langage des gobelins était trop limité.

Drizzt se remémora le combat ; il resta bouche bée en comprenant que le vieil homme était *bel et bien* aveugle ! Par ses tournoiements et ses ululements, la chouette avait guidé ses tirs. Et l'aveugle avait fait mouche à chaque fois !

— Viens-tu ? demanda Montolio. J'aimerais savoir pourquoi... un elfe noir choisit de passer l'hiver dans l'antre d'un ours comme Bravache !

Drizzt comprenait le sens général de ses paroles même si des termes comme « hiver » ou « ours » lui étaient inconnus.

— Le roi des orcs a mille guerriers de plus contre toi, ajouta-t-il, sentant les tergiversations de l'elfe.

— Je ne viendrai pas.

A la vérité, il aurait voulu accompagner l'humain,

pour apprendre quelques petites choses sur ce remarquable personnage. Mais trop de tragédies avaient frappé ceux qui avaient croisé son chemin.

Le sourd grondement de son ami quadrupède informa le Drow qu'on n'approuvait pas sa décision.

— J'attire le malheur, essaya-t-il d'expliquer au vieil homme, à la panthère, et à lui-même. Il vaudrait mieux, Montolio DeBrouchee, ne pas trop t'approcher de moi.

— Est-ce une menace ?

— Un avertissement. Si tu m'emmènes chez toi, si tu me permets de rester, alors tu es perdu, comme le furent les fermiers.

Montolio dressa l'oreille à la mention de la communauté rurale. Il avait entendu parler d'une famille brutalement assassinée à Maldobar, et de l'enquête menée par la rangère Colombe Fauconnier.

— Je n'ai pas peur, dit Montolio, forçant un sourire. J'ai survécu à de nombreux... combats, Drizzt Do'Urden. J'ai participé à une dizaine de sanglantes campagnes et passé un hiver entier bloqué dans les montagnes avec une jambe cassée. J'ai tué un géant d'une dague et... je me suis lié d'amitié... avec tous les animaux vivants à mille lieues à la ronde. Ce n'est pas pour moi que tu nourris des craintes...

Drizzt se sentit dérouté, presque insulté.

— C'est pour toi que tu as peur, reprit le vieil homme. De l'auto-apitoiement ? Cela ne colle pas au personnage. Oublie-le et viens avec moi.

Guenhwyvar remarqua l'air sombre de l'elfe. Il feula, les yeux rivés sur Montolio.

— Le félin veut que tu viennes, commenta Montolio. Ce sera mieux qu'une grotte, et la nourriture y est plus appétissante que le poisson à moitié bouilli.

Drizzt se remémora le carnage de la ferme et resta inébranlable :

— Je n'irai pas.

— Alors tu es un ennemi et mon prisonnier ! tonna le vieil homme, rencochant vivement sa flèche. Ton gros chat ne t'aidera pas cette fois, Drizzt Do'Urden ! (Il se pencha et murmura, sourire aux lèvres :) Il est d'accord avec moi...

C'en fut trop. Le Drow savait que Montolio ne tirerait pas sur lui, mais son charme érodait ses défenses mentales, aussi considérables fussent-elles.

Ce que Montolio désignait sous le nom de « château » était une série d'alvéoles creusées dans des troncs d'épineux serrés les uns contre les autres. Des palissades de rondins complétaient la structure, avec, en contrefort, un cercle de pierres en guise de fortifications. En approchant, Drizzt remarqua plusieurs branches reliées par des échelles de corde, et des arbalètes en batterie à intervalles réguliers.

L'elfe avait passé trois décennies à Menzoberranzan, dans de merveilleux châteaux de pierre entourés de domaines d'une beauté à couper le souffle. Aucun de ces palais n'avait jamais été aussi accueillant pour l'exilé que ce « château » de bois et de gravats.

Curieux, les écureuils et les oiseaux lancèrent leurs trilles de bienvenue.

— J'ai beaucoup de pièces, de couvertures et de nourriture, expliqua Montolio à son hôte.

Il détestait la langue des gobelins si limitée - il avait tant à dire, et tant à apprendre de ce Drow... Cela semblait impossible, avec une langue aussi peu propre à exprimer des pensées ou des notions complexes. Elle possédait une centaine de termes pour désigner l'action de tuer ou de haïr, mais pas un seul pour des émotions telles que la compassion ou l'amitié.

La première tâche de Montolio serait donc d'enseigner à l'elfe solitaire le langage commun.

— On ne peut pas parler... bien... dans cette langue, expliqua-t-il, mais elle me servira pour t'apprendre le langage des humains... si tu le souhaites.

Drizzt accepta timidement. En fuyant le massacre du village, il s'était juré de vivre en ermite ; jusque-là, il s'était débrouillé mieux qu'il ne s'y attendait. L'offre était tentante. D'un point de vue pratique, il savait qu'une certaine connaissance de la langue de la région lui épargnerait des situations difficiles. Quand il céda, le sourire de Montolio menaça de faire disparaître ses oreilles.

Corneur parut moins ravi. Avec ce Drow - plus exactement avec la *panthère* de ce Drow, la chouette passerait dorénavant moins de temps dans les feuillages proches du sol.

*
**

— Cousin, Montolio DeBrouchee l'a emmené chez lui ! cria un elfe tout excité à Kellindil.

Tout le groupe avait cherché le Drow une fois l'hiver passé, craignant qu'il ait conclu une alliance avec le roi des orcs.

Kellindil bondit sur ses pieds ; le vieil homme, bien qu'excentrique, était doué d'un jugement assez sûr. S'il l'avait accueilli chez lui...

— Quand ? Comment ?

— Il y a une semaine. J'ignore comment c'est arrivé, mais le Drow déambule maintenant à sa guise dans le domaine, la panthère à son côté.

— Montolio est-il...

— Montolio est indemne et maître chez lui. Il semble qu'il le loge de son plein gré, et qu'il lui apprend maintenant les rudiments de la langue commune.

— Surprenant...

— Nous pourrions établir une surveillance. Si tu crains pour la sécurité du vieux ranger...

— Non. Une fois de plus, ce Drow a prouvé qu'il n'était pas un ennemi. J'en ai eu l'intuition dès notre rencontre, près de Maldobar. A présent j'en suis sûr. Retournons à nos affaires, et laissons-les aux leurs.

L'elfe approuva, mais une minuscule créature, qui épiait la conversation près de la tente, resta dubitative.

Tephanis venait toutes les nuits voler un peu de nourriture et quelques objets susceptibles d'améliorer son confort. Quelques jours plus tôt, il avait entendu parler d'un elfe noir. Curieux de savoir ce qu'il advenait de celui qui avait vaincu Ulgulu et Kempfana, il s'efforçait de glaner un maximum d'informations.

Il secoua violemment sa tête aux longues oreilles.

— Maudit-soit-le-jour-où-celui-là-est-revenu !

Il repartit de toute la vitesse de ses petites jambes à la recherche d'un puissant allié qu'il ne désirait pas perdre. Il lui suffit de quelques instants pour le retrouver : Caroak, le grand loup d'hiver au pelage gris argenté.

— Le-Drow-est-avec-le-ranger ! Attention-à-celui-ci ! C'est-lui-qui-a-tué-mes-anciens-maîtres. Morts !

Caroak tourna la tête vers le domaine de Montolio. La bête connaissait bien les lieux et se gardait d'en approcher de trop près. Montolio DeBrouchee était l'ami d'une kyrielle d'animaux. Les loups d'hiver étaient plus des monstres que des animaux naturels ; ils ne comptaient pas parmi les amis des rangers.

Tephanis s'inquiétait d'être obligé de se frotter encore à l'elfe. Il attrapait mal à la tête à seulement y penser. La contusion due au soc de charrue n'avait d'ailleurs jamais guéri.

*
**

Dans les semaines qui succédèrent, le printemps s'installa doucement. L'amitié naissante entre Montolio et Drizzt suivit ce rythme régulier. La langue commune de la région n'était pas si différente du gobelin. Drizzt étant un élève doué et rapide, il apprit même à lire et à écrire. Montolio était un bon enseignant ; dès la troisième semaine, ils ne communiquèrent plus que dans la langue commune.

Ce furent des moments heureux pour l'exilé. Le vieux ranger possédait une riche bibliothèque ; l'elfe ne tarda pas à se plonger dans d'extraordinaires contes, des légendes, des hauts faits d'armes et des aventures de dragons. L'abri construit dans le massif d'épineux *était* un château, et Montolio, l'hôte le plus raffiné que le Drow eût jamais connu.

Il apprit beaucoup de choses, d'ordre pratique, qui lui seraient d'une grande utilité jusqu'à la fin de ses siècles d'existence. Montolio lui confirma l'existence des saisons, et il lui apprit à en reconnaître les signes avant-coureurs en observant les animaux, le ciel et le vent.

Dans ce domaine encore, l'elfe comprenait et assimilait vite. Montolio n'aurait jamais cru cela possible, mais cet elfe noir se comportait comme un elfe de la surface. Peut-être même avait-il le cœur d'un homme des montagnes.

— Comment as-tu apaisé l'ours ? lui demanda-t-il un jour.

Cette question le tracassait depuis le début.

En toute honnêteté, Drizzt n'aurait su le dire. Il ignorait ce qui s'était produit lors de cette rencontre.

— De la même façon que tu as calmé Guenhwyvar, finit-il par répondre.

Le sourire de son ami lui apprit que le vieil homme *comprenait* mieux que lui.

— *Cœur de ranger*, murmura-t-il en se détournant.

Les jours suivants, Montolio mit l'accent sur la vie animale et végétale qui foisonnait autour d'eux. Il montra comment interpréter les émotions des animaux en observant leurs mouvements.

Le premier test survint quand Drizzt se trouva nez à nez avec un blaireau furieux. Corneur poussa aussitôt des ululements d'avertissement ; l'impulsion de Montolio fut de voler au secours de son ami. Les blaireaux étaient les plus vicieuses créatures de la région, aussi promptes à s'enrager que Bravache l'ours, et toujours prêtes à attaquer, quelle que soit la taille de l'adversaire. Il se maîtrisa, écoutant le rapport détaillé de l'oiseau.

Le premier geste de Drizzt fut de saisir sa dague. Le blaireau se dressa sur ses pattes arrière, exhibant sa splendide dentition et ses griffes, puis émit un millier de sifflements et de claquements de dents.

L'elfe rengaina son arme. Il s'efforça de voir la scène du point de vue de l'animal, qui se sentait menacé. Il comprit que la bête avait choisi cet antre pour y mettre bas. A ce stade de sa grossesse, elle ne tenait pas à se battre. Il recula, redisposa soigneusement les buissons de baies sauvages pour masquer l'entrée. Le blaireau retomba à quatre pattes, huma l'air pour se souvenir de l'odeur de cet elfe noir, et retourna dans son trou.

Faisant volte-face, Drizzt se trouva devant Montolio qui l'applaudit et lui sourit.

— Même un ranger aurait eu du mal à apaiser un blaireau.

— C'était une femelle sur le point de mettre bas. Elle voulait encore moins se battre que moi.

— Comment sais-tu cela ? s'enquit Montolio, qui ne douta pas un instant des perceptions du Drow.

L'elfe ouvrit la bouche, puis la referma, l'air confus. Son ami éclata de rire. Lui qui suivait les enseignements de la déesse Mailikki comprenait ce qui arrivait même si Drizzt ne le savait pas.

— Le blaireau aurait pu te déchiqueter, tu sais.

— C'est une femelle pleine, insista Drizzt, et pas si formidable que ça comme ennemi.

Le rire moqueur de Montolio retentit.

— Pas si formidable ? Crois-moi, Drizzt, il vaudrait mieux que tu te battes avec Bravache qu'avec une mère blaireau ! (L'elfe haussa les épaules.) Imagines-tu vraiment que cette minuscule dague aurait fait le poids contre elle ?

Drizzt jeta un coup d'œil à sa piteuse lame et ne put s'empêcher de rire.

— C'est tout ce que j'ai, je le crains.

— Nous verrons, promit le montagnard.

Calme et confiant, le vieil homme ne sous-estimait pas pour autant les dangers de ces régions.

Il accordait désormais une confiance sans réserve à son hôte.

*
* *

Montolio tira Drizzt de son sommeil un peu avant le coucher du soleil et le mena à un grand arbre au nord de la pinède. Dans le creux du tronc, une cache dissimulait un véritable arsenal.

— Tu aimes les cimeterres : en voici un bon.

Il possédait une belle variété d'armes : dagues de cérémonie, grandes haches, arbalètes lourdes ou légères, soigneusement entretenues. Contre l'écorce creuse étaient appuyées des rangées de lances, dont un épieu à longue pointe pourvue de deux petits barbillons.

— Préfères-tu un bouclier ou un poignard, à

l'autre bras ? Tu peux tout prendre, sauf les armes frappées du sceau de la chouette à serres. Ce bouclier, cette épée et ce casque m'appartiennent.

Drizzt essaya de se représenter le vieil aveugle ainsi armé.

— Une épée, décida-t-il enfin. Ou un autre cimeterre si tu en as deux.

— Deux longues lames, remarqua Montolio intrigué. Tu risques de t'emmêler avec.

— C'est un style de combat fréquent chez les Drows.

Le vieil homme haussa les épaules, et lui présenta deux cimeterres richement ouvragés.

Drizzt les soupesa. Un peu trop légers et peut-être un brin fragiles. Il décida cependant de les garder, de préférence à d'encombrantes lames droites.

— J'en prendrai soin autant que toi, promit-il, conscient de la valeur du présent de Montolio. Et je les utiliserai, ajouta-t-il, sachant ce que son ami désirait entendre, uniquement en cas de besoin.

— Alors prie de ne jamais en avoir besoin, Drizzt Do'Urden. J'ai vu la paix, j'ai vu la guerre, et je peux dire que je préfère la paix ! Viens maintenant, mon ami. Il y a tant de choses que j'aimerais te montrer.

Drizzt jeta un dernier regard à ses nouveaux cimeterres, les glissa dans leur fourreau, et le suivit.

*
* *

Combien leurs mines eussent été moins réjouies s'ils avaient appris qu'un certain roi, fulminant de rage devant la déroute de dix soldats, de deux worgs et d'un allié géant, fouillait les alentours de ses yeux jaunâtres injectés de sang... Le grand orc commençait à se demander si ce Drow n'était pas l'éclaireur d'une légion de calamités à peau noire, désireuse de s'unir avec ses cousins blancs.

S'il sévissait encore dans les parages, l'orc était résolu à le retrouver. Graul ne prenait jamais de risques ; ce Drow *était* un risque.

CHAPITRE XIV

L'ÉPREUVE DE MONTOLIO

— Eh bien ! j'ai assez attendu comme ça ! s'exclama Montolio, l'air sévère, un après-midi.

— Attendu ? répéta Drizzt, frottant ses yeux encore lourds de sommeil.

— Es-tu un guerrier ou un sorcier ? Ou les deux ? Un de ces types aux multiples pouvoirs ? Les elfes de la surface sont réputés pour ça.

Les traits de Drizzt se plissèrent de confusion.

— Je n'ai rien d'un sorcier !

— Mystérieux, c'est ça ? réprimanda Montolio, qui croisa les bras. Tu ne t'en tireras pas comme ça ! Je t'ai amené ici, et si tu es un sorcier, je veux tout savoir !

— Pourquoi dis-tu cela ? demanda l'elfe, désorienté. Quand donc...

— Corneur me l'a dit ! Lors du combat, au moment de notre première rencontre, tu as créé une zone d'obscurité. Ne le nie pas, sorcier. Corneur me l'a dit !

— Ce n'était pas un truc de sorcier. Je ne suis pas sorcier.

— Un tour de magie alors ? Laisse-moi voir ça !

— Pas un tour, une capacité. Tous les Drows, même la lie de notre race, sont capables de créer des globes de ténèbres. Ça n'a rien de sorcier !

Montolio pesa cette révélation.

— Quelles autres « capacités » possèdes-tu ?

— Les feux magiques. C'est une ligne de...

— Je connais ce sortilège. Il est couramment utilisé par les druides. Tous les Drows en sont-ils capables ?

— Je n'en sais rien. Je peux aussi... léviter. Seuls les nobles possèdent ce don. Je crains fort de l'avoir perdu, tout comme mon *piwawfi*, mes bottes et mes armes magiques.

— Essaie, proposa Montolio.

Il se concentra un long moment. Il se sentit devenir plus léger, et quitta le sol. Son poids revint aussitôt... Il ne monta pas plus haut qu'un mètre.

— Impressionnant, marmonna Montolio.

Drizzt rit, secouant sa chevelure blanche.

— Puis-je me rendormir maintenant ?

Son ami avait d'autres projets pour lui. Il voulait connaître les limites de son compagnon, sorcier ou non. Une nouvelle stratégie lui vint à l'idée. Il devait l'éprouver avant la tombée de la nuit.

— Attends. Tu te reposeras plus tard. J'ai besoin de toi et de tes « capacités ». Peux-tu invoquer un globe de ténèbres, ou as-tu besoin de temps ?

— Quelques secondes.

— Alors va chercher ton équipement, et rejoins-moi vite. Je ne veux pas perdre l'avantage de la lumière du jour.

Haussant les épaules, Drizzt s'habilla et le suivit au nord, dans un secteur peu utilisé.

Montolio le mena près du repaire d'un ours, lui

demandant d'établir un premier contact.

Un long moment de silence passa.

Montolio s'attendait-il à ce qu'il se jette dans les pattes de leur imprévisible et dangereux voisin ?

— Fais-le, insista le montagnard. Invoque ton globe de ténèbres - juste à l'entrée -, je t'en prie.

Le soupir de soulagement de l'elfe obligea le vieil homme à se mordre les lèvres pour retenir ses rires. Un instant plus tard, tout le secteur disparut dans le noir. Montolio fit signe à Drizzt de l'attendre et disparut à l'intérieur de la caverne.

Drizzt se tendit, l'oreille aux aguets. Des couinements aigus retentirent, suivis d'un cri de détresse.

Le Drow se précipita. Il eut un mouvement de recul en découvrant la forme prostrée de son ami, qui avait failli le faire trébucher. Il s'agenouilla. Montolio avait les mains crispées sur sa poitrine. Drizzt le crut sérieusement blessé et se pencha.

Un bouclier vint le heurter à la tempe.

— C'est Drizzt ! s'écria-t-il, massant sa chair endolorie.

Il entendit le vieil homme bondir sur ses pieds, et le glissement de l'acier contre le cuir.

— Bien sûr ! gloussa Montolio en dégainant.

— Mais... et cet ours ?

— Ours ? Il n'y a pas d'ours, stupide Drow ! Il n'y en a jamais eu. Nous sommes des adversaires. L'heure est venue de s'amuser un peu !

Drizzt comprit. Montolio l'avait manipulé pour qu'il perde l'avantage de la vue, et combatte dans les ténèbres. L'homme lui lançait un défi, à armes égales.

— Le plat de la lame, exigea l'elfe, ne demandant qu'à entrer dans la danse.

Combien il avait adoré les défis que lui jetait Zaknafein !

— Défends ta vie ! rit le montagnard, lançant la

première estocade.

L'elfe para aisément, et attaqua de deux volées rapides, qui se heurtèrent au bouclier bien placé. Certain de la position de l'elfe, Montolio fonça, bouclier en avant.

Drizzt fut percuté avant de réussir à se dégager. Il contra une fente, et encaissa un nouveau coup de bouclier.

Roué, le vieil homme imprima alors une poussée maximale vers le haut, délestant l'elfe d'une lame, et le déséquilibrant avant de pointer son arme sur lui.

Drizzt sentit venir l'attaque : il fit un bond en arrière, et se mit en garde. Il lança de complexes attaques. Montolio les anticipa, chaque coup buta contre le bouclier. Quand le montagnard chargea, l'épée haute, Drizzt eut du mal à ne pas perdre pied. Il n'était pas un novice en matière de combats à l'aveugle, mais Montolio se battait mieux ainsi que la plupart des hommes dotés d'une vision parfaite.

Drizzt comprit qu'il ne l'emporterait pas. Il songea à dissiper le sortilège, mais celui-ci s'estompa de lui-même. Montolio remarqua le changement d'attitude du Drow, qui fonça derechef.

Il crut très malin de plonger, avec l'idée de se redresser derrière l'humain dérouté.

Il en fut pour ses frais. Le bouclier s'écrasa sur son crâne. Assommé, il roula à terre.

Quand il retrouva des idées claires, Montolio était confortablement assis sur son dos, une épée en travers de ses omoplates.

— Que...

Montolio parla d'un ton que l'elfe ne lui connaissait pas :

— Tu m'as sous-estimé, Drow. Tu m'as cru aveugle et impuissant. Ne recommence jamais !

Drizzt se demanda si le montagnard n'allait pas l'exécuter séance tenante, tant la colère grondait en lui. Il savait que sa condescendance avait blessé le vieil homme. Il comprit à cet instant que Montolio DeBrouchee, si sûr de lui, si compétent, portait aussi un fardeau sur les épaules. Pour la première fois, il mesura à quel point perdre la vue avait dû le faire souffrir. Montolio avait-il échoué ? Qu'avait-il perdu d'autre ?

— Trop facile..., murmura le vieil homme. C'était évident, ta tactique...

— Evident si tu as senti que les ténèbres s'étaient dissipées, répondit Drizzt, s'interrogeant sur le degré réel d'invalidité de son adversaire. Je n'aurais jamais tenté ce plongeon dans le noir, c'est sûr. Comment as-tu su que le sortilège était fini ?

— C'est toi-même qui me l'as dit ! s'écria Montolio, toujours juché sur le dos du vaincu. Par ton attitude ! Le soudain frottement de tes pieds, et ton soupir, Drow ! *Le soulagement* ! Oui, tu étais soulagé, même si tu t'es aperçu, à ce moment-là, que tu ne pourrais pas me vaincre sans tes yeux.

Il se releva ; l'elfe resta au sol, à méditer sur ces révélations. Combien il savait peu sur son compagnon ! Combien il avait présumé de lui et de tout ce qui l'entourait !

— Viens, la leçon est terminée pour ce soir. Il nous reste des choses à accomplir.

— Tu as dit que je pourrais aller dormir ensuite, lui rappela-t-il.

— Je te croyais plus fort que ça, rétorqua le ranger avec un sourire narquois.

*
* *

Pendant que Drizzt assimilait les nombreuses leçons, cette nuit-là et les jours suivants, Montolio apprenait beaucoup de choses sur son élève. Le vieil homme lui enseignait tout ce qu'il devait savoir pour survivre à l'air libre. Immanquablement, l'un ou l'autre - Drizzt le plus souvent -, émettait une petite remarque sur son passé. Cela devint presque un jeu entre les deux hommes, chacun cherchant à ébahir l'autre plutôt qu'à proférer une observation judicieuse. Montolio avait en réserve quelques croustillantes anecdotes de sa jeunesse passée sur les routes : de glorieuses escarmouches contre des gobelins, ou les tours que se jouaient souvent les rangers malgré leur mine sévère.

Drizzt restait plus réservé, mais les batailles de Menzoberranzan, la sinistre Académie, et les guerres opposant des familles entières restaient au-delà de ce que Montolio pouvait imaginer.

Aussi grandioses que fussent les anecdotes du Drow, Montolio sentait qu'il ne lui disait pas tout. Mais il ne le harcela pas. Il était satisfait de constater que tous deux avaient des principes communs, et, - comme il put le vérifier au fil des spectaculaires progrès de son disciple -, une façon similaire de voir le monde.

Une nuit, sous un croissant d'argent, les deux amis se balançaient mollement dans des chaises d'osier suspendues entre deux arbres. La vue de la lune jouant à cache-cache avec les nuages enchantait l'exilé.

— Je n'aurais jamais dû venir, dit doucement Drizzt, le regard perdu dans les reflets argent de la pleine lune.

— Pourquoi ? Tu n'aimes pas ma cuisine ?

Le sourire de Montolio était désarmant.

— A la surface, je veux dire, expliqua Drizzt, riant malgré sa mélancolie. Je me dis parfois que mon choix était guidé par l'égoïsme.

— On ne survit pas sans égoïsme, observa Montolio. J'ai parfois ressenti cela. Je fus une fois obligé de plonger mon épée dans le cœur d'un homme. La dureté de la vie engendre bien des remords, mais dieu merci, ce ne sont que lamentations passagères, qui ne te poursuivent pas sur un champ de bataille.

— Comme je voudrais que cela cesse, soupira Drizzt pour lui-même.

Mais la remarque frappa son mentor. Plus les deux hommes devenaient proches, plus il partageait le fardeau de l'elfe. Encore jeune, celui-ci était déjà un vétéran, supérieur à la plupart des soldats professionnels. Sans conteste, le monde de la surface donnerait bien du fil à retordre aux compatriotes de Drizzt. Montolio estimait pourtant que l'exilé devait pouvoir y mener une existence longue et prospère. Qu'est-ce qui l'accablait tant ? Il souffrait d'autant plus qu'il souriait, et il se fustigeait plus que de raison.

— Te lamentes-tu vraiment ? La plupart des plaintes sont pure rhétorique, tu sais. Beaucoup des fardeaux imposés par notre conscience se fondent sur de mauvaises perceptions. Ceux d'entre nous qui sont sincères se jugent toujours plus sévèrement que les autres. C'est une malédiction, ou une bénédiction, selon le point de vue. (Il tourna ses yeux morts vers Drizzt.) Prends-le comme une bénédiction, mon ami, un appel intérieur qui te force à atteindre les sommets.

— Une frustrante bénédiction.

— Seulement si tu ne considères pas les progrès que tu as accomplis sous son joug. Ceux qui aspirent à moins accomplissent moins. Il vaut mieux, je crois, s'ingénier à atteindre les étoiles, plutôt que de rester assis, troublé, en se disant que c'est impossible. (Il lui fit un de ses petits sourires en coin.) Au moins, celui qui essaie se sera fait les muscles, aura eu une belle vue, et arrachera peut-être même une pomme qui ne pendait pas trop haut !

— A moins qu'on le frappe dans le dos pendant qu'il a les bras levés...

Désarmé par cette vague de pessimisme, Montolio inclina la tête, intrigué. Voir son ami marqué à ce point le peinait.

— En effet, reprit-il plus sèchement qu'il ne l'aurait voulu. Mais perdre la vie importe seulement à ceux qui prennent le risque d'y mordre à belles dents ! Que la flèche cloue au sol le craintif qui reste pelotonné dans son coin ! Sa mort ne sera pas si tragique !

C'était une logique difficile à réfuter, un réconfort difficile à repousser. Ces dernières semaines, les vues cavalières de Montolio, sa vision si pragmatique du monde, mettaient Drizzt de plus en plus à l'aise. Mais si les paroles de Montolio le réconfortaient, elles ne pouvaient chasser les souvenirs de son passé, l'écho lancinant des voix mortes. Un seul mot, « Drizzit », suffisait à anéantir des dizaines de conseils bienveillants prodigués par Montolio.

— Assez de ces badinages, poursuivit le ranger, bouleversé. Tu es pour moi un ami, Drizzt Do'Urden, et j'espère que j'en suis un pour toi aussi. Quelle sorte d'ami suis-je donc, face au poids qui t'accable, tant que tu ne m'en dis pas plus ? Ou je suis ton ami, ou je ne le suis pas. La décision t'appartient. Mais si la réponse est non, je ne vois pas l'intérêt qu'il y a à partager d'aussi belles nuits avec toi. Parle, Drizzt, ou sors de chez moi !

Il n'en crut pas ses oreilles : comment Montolio, d'ordinaire si calme, si réservé, pouvait-il prononcer un tel ultimatum ! Son premier mouvement fut le recul : opposer un mur de colère au vieil homme présomptueux, et se cramponner à ce qu'il considérait comme singulier en lui. Passé la surprise initiale, il réfléchit, et comprit une vérité essentielle : ils étaient *en effet* devenus des amis et c'était surtout grâce aux efforts de l'humain.

Montolio voulait connaître son passé, pour mieux le comprendre et le réconforter.

— Connais-tu Menzoberranzan, ma ville natale ? commença-t-il doucement. Et connais-tu mon peuple, ou les diktats de la Reine Araignée ?

— Dis-moi tout, je t'en conjure, le pria Montolio d'une voix sombre.

Drizzt hocha la tête, et se détendit. Il regarda la lune sans la voir, l'esprit vagabondant sur la route de Menzoberranzan, de l'Académie et de la Maison Do'Urden. Il s'attarda, songeur, sur les complexités de la vie de famille drow et sur la merveilleuse simplicité de sa collaboration avec Zaknafein.

Montolio patienta, devinant que l'elfe noir cherchait par où commencer. De petites remarques lui avaient fait entrevoir une vie tumultueuse ; ce ne serait pas un mince exploit que d'en conter les principaux épisodes avec une maîtrise encore limitée de la langue ordinaire.

— La nuit où je suis né a coïncidé avec un important événement pour ma famille. Ce jour-là, la Maison Do'Urden a éliminé la Maison DeVir.

— Eliminé ?

— Massacré. (La répulsion presque tangible de l'humain ne le surprit en rien. Il précisa, pour lui faire toucher du doigt les abysses de la société drow :) Ce jour-là également, mon frère Dinin passa son épée au travers du corps de notre autre frère, Nalfein.

Montolio sentit un courant glacé lui parcourir l'échine. Il se rendit compte que ce n'était qu'un début.

— C'est ainsi, continua Drizzt d'une voix monocorde. A Menzoberranzan, il existe une hiérarchie stricte. Pour gravir les échelons, il faut *éliminer* ceux qui vous gênent.

Une brisure dans la voix trahit l'elfe en apparence impassible. Il était clair qu'il n'avait jamais accepté de telles pratiques, et qu'il ne les accepterait jamais.

Drizzt poursuivit son histoire. Il parla de son enfance, sous le joug de sa soeur Vierna, qui ne lui pardonnait rien. Il évoqua son amitié avec Zaknafein, son maître d'armes. Il détailla les années de frustration de l'Académie.

Il n'oublia pas le retour, les patrouilles, les luttes fratricides.

Puis la mort de Zak, au moment où il avait appris qu'il était son vrai père.

L'exil, enfin, loin de Menzoberranzan.

Expliquer tout cela prit du temps. Il parla longuement de ses échecs, lors de ses premières années d'exil dans les étendues sauvages d'Ombre-Terre.

— J'ai cru avoir perdu mes principes et être devenu une bête sauvage, se lamenta-t-il, au désespoir.

Porté par la vague d'émotions qui était toute sa vie, il se remémora joyeusement ses journées avec Belwar, le très honoré gardien-piocheur des Svirfneblins, les gnomes des profondeurs, et avec Jacasseur, le Pech. Son sourire disparut très vite quand il conta la fin du malheureux Jacasseur. Un autre ami tombé à sa place...

L'aube pointait quand l'elfe en fut à l'instant de sa venue à la surface. Dès lors, il choisit soigneusement ses mots, hésitant à dévoiler la tragédie qui avait frappé la famille de fermiers, de peur que Montolio ne l'en juge responsable.

Montolio sentit qu'il lui cachait quelque chose. Une fois, Drizzt avait mentionné un village, et le vieil homme avait entendu parler du massacre de Maldobar. Il soupçonnait l'elfe d'y être mêlé. Mais il ne posa aucune question. Le Drow avait fait preuve d'une honnêteté inattendue ; Montolio ne doutait pas que son compagnon, un jour, ajouterait de lui-même les dernières touches au tableau.

— C'est une bonne histoire. Tu en as plus vu en trois ou quatre décennies que la plupart des elfes en cinq cents ans. Mais tes cicatrices sont fines, et le temps les dissipera.

Drizzt n'en était pas si sûr ; Montolio lui tapa doucement sur l'épaule en se relevant.

*
* *

Drizzt dormait encore quand le ranger tira Corneur de son sommeil et lui attacha un billet à la patte. La chouette fut contrariée ; le voyage prendrait une semaine, alors que c'était la pleine saison des souris et de la reproduction. Malgré ses ululements plaintifs, il n'était pas question de désobéir.

Ebouriffant son plumage, Corneur décolla avec la première rafale, et s'éleva sans effort dans les nues, survolant les crêtes et les pics qui le mèneraient à Maldobar, puis Sundabar si besoin était.

Une certaine rangère de grand renom, sœur de la Dame de Sylverymoon, se trouvait encore dans la région...

*
* *

— Cela-n'aura-t-il-aucune-cesse ? gémit le farfadet, regardant passer l'humain trapu. D'abord-ce-méchant-Drow-et-maintenant-cette-brute-épaisse ! Ne serai-je-jamais-débarrassé-de-ces-trouble-fête ?

Tephanis se heurta le front et trépigna si vite sur

place qu'il s'enfonça dans la terre.

Reniflant l'air, le chien jaune gronda, et montra les crocs. Réalisant qu'il avait gémi trop fort, Tephanis partit comme une flèche pour contourner l'humain et sa sale bête. Désorientée, celle-ci, qui regardait encore de l'autre côté, inclina la tête et gémit.

CHAPITRE XV

UNE OMBRE SUR LE SANCTUAIRE

Les jours suivants, les deux amis ne reparlèrent plus des confidences de l'elfe. Drizzt était plongé dans ses souvenirs. Plein de tact, son ami lui accorda le temps nécessaire. Ils poursuivirent leurs activités quotidiennes avec méthode, sinon enthousiasme. La distance, entre eux, n'était que passagère.

Ils se rapprochèrent vite. Drizzt espérait avoir trouvé un ami aussi loyal que Belwar ou Zaknafein. Une voix, un matin, lui fit pourtant penser que tout allait s'écrouler autour de lui. Il rampa jusqu'à la cloison de bois de sa chambre et coula un regard par un interstice.

— Un Drow, Mooshie, déclarait Roddy McGristle. Tu l'as vu ?

Emmitouflé dans ses fourrures, encore plus imposant, le trappeur tenait à la main un cimeterre cassé en deux.

— Vu ? répéta Montolio, sarcastique.

— Tu sais ce que je veux dire ! Tu *vois* mieux que nous tous réunis, alors ne fais pas l'âne pour avoir du son !

Le chien commença à renifler l'air tout excité et à courir de droite et de gauche.

Affolé, Drizzt sortit son cimeterre.

— Rappelle ton chien !
— Tu as vu l'elfe noir, Mooshie ?
— Et si c'était le cas ?

Montolio se tourna et émit un sifflement à peine perceptible. Le chien partit la queue entre les jambes, et se coucha sous le cheval de son maître.

— J'ai une portée de jeunes renards, mentit le ranger. Si ton chien les trouve...

Montolio n'eut pas besoin de lui mettre les points sur les « i ». Visiblement impressionné, Roddy passa une laisse autour du cou de son animal.

— Un Drow, sans doute le même, continua-t-il, est venu ici avant les premières neiges. Tu auras du mal avec celui-là, chasseur de primes. (Il rit.) Il a eu quelques démêlés avec Graul, à ce que je crois savoir, puis il est reparti chez lui. Aurais-tu l'intention de le suivre jusqu'en Ombre-Terre ? Ta réputation monterait en flèche. Evidemment, il pourrait t'en coûter la vie !

Drizzt se détendit ; Montolio avait menti pour lui ! Il était clair qu'il ne tenait pas le trappeur en haute estime, et cela réconforta l'elfe. Roddy revint à la charge en racontant la tragédie de Maldobar avec une perversité qui mit l'amitié de Montolio à rude épreuve.

— Le Drow a tués les Poil-de-Chardon ! Il les a massacrés, et sa panthère en a croqué un ! Tu connaissais Bartholomew Poil-de-Chardon, ranger. Que la honte soit sur toi pour faire si peu de cas de son meurtrier !

— Le Drow les a tués ? demanda l'aveugle, l'air

sombre.

Roddy lui brandit de nouveau le cimeterre brisé sous le nez.

— Il les a massacrés, te dis-je, gronda-t-il. Il y a deux mille pièces d'or de récompense pour sa tête. Je t'en filerai cinq cents si tu peux me donner des renseignements.

— Je n'ai nul besoin de ton or.

— Mais as-tu besoin de savoir leur assassin puni ? Pleures-tu la mort des Poil-de-Chardon, une famille respectable ?

Silence... Montolio allait-il le trahir ? se demanda l'elfe. Il décida de ne plus fuir, quelle que soit la décision de son hôte. Si le ranger l'accusait, il ferait face et il serait jugé.

— Triste jour, marmonna Montolio. Une bonne famille en effet. Attrape ce Drow, McGristle. Ce sera la seule prime que tu aies jamais méritée.

— Par où commencer ? demanda Roddy.

Il pensait avoir gagné l'aide du vieux ranger.

Drizzt le crut aussi.

— Connais-tu la Grotte de Morueme ?

Roddy s'embruma visiblement. La Grotte de Morueme, à la lisière du grand désert Anauroch, était ainsi nommée à cause de la famille de dragons bleus qui y vivait.

— A cent cinquante lieues d'ici, gronda-t-il. Une sacrée chaîne de montagnes.

— Il a pris cette direction, au début de l'hiver.

— Vers les dragons ?

— Il s'est sûrement rendu dans une grotte proche. Les dragons de Morueme l'ont peut-être aperçu. Tu devrais aller voir.

— Je ne suis pas pressé de bavarder avec des dragons. Trop risqué. Même si j'en réchappais, ça me coûterait trop d'émotions !

— Il semble que Roddy McGristle échoue pour la

première fois.

Roddy tira sur le mors de sa monture et se remit en route.

— Ne parie pas contre moi, Mooshie ! gronda-t-il par-dessus son épaule. Je n'abandonnerai jamais, même si je dois fouiller toutes les crevasses des plans inférieurs !

— Ça me semble beaucoup de peine pour deux milles pièces d'or, observa Montolio, pas le moins du monde impressionné.

— Ce Drow m'a prit mes chiens, une oreille et il m'a fait cette cicatrice ! rugit le trappeur en désignant sa balafre.

Il comprit l'absurdité de son geste - le ranger ne voyait rien -, et repartit au galop.

Drizzt alla au-devant de Montolio, ne sachant comment le remercier.

— Je n'ai jamais aimé ce type-là, expliqua le vieil homme.

— La famille Poil-de-Chardon a été assassinée.

Montolio hocha la tête.

— Tu savais ?

— Je le savais avant ton arrivée. Honnêtement, je me suis demandé si tu étais coupable, au début.

— Je ne le suis pas.

Montolio hocha de nouveau la tête.

L'heure était venue pour Drizzt d'achever son histoire...

— Tu as bien fait de tuer les gnolls, conclut le chasseur. Jette ta culpabilité aux orties.

— Comment pouvais-je deviner ? Tout mon savoir est lié à Menzoberranzan ; je n'ai pas encore appris à démêler le vrai du faux.

— Tout cela a été déroutant pour toi... Viens, je t'apprendrai mille et une choses sur les différentes races. Tu sauras pourquoi tes cimeterres ont rendu la justice quand ils ont bu le sang des gnolls.

Montolio avait voué son existence à l'incessante lutte entre les races *bonnes* - humains, elfes blancs, nains, gnomes et petites gens notamment - et celles qui ne vivaient que pour détruire, véritable fléau des innocents.

— Les orcs sont les pires, expliqua Montolio. Je me contente maintenant de garder un œil - un œil de chouette, plus exactement - sur Graul et ses semblables.

— Et le chasseur de primes et ceux de son espèce ? Quelle est leur place dans ce tableau ?

— Il y a du bon et du moins bon dans toutes les races, dit Montolio. Je n'ai tracé que les grandes lignes. Ne doute pas que la volonté de nuire soit le credo des gobelinoïdes et des géants !

— Comment le savons-nous ? pressa Drizzt.

— Observe les enfants, par exemple.

Il se mit en devoir d'expliquer les différences -pas si subtiles - entre enfants des bonnes races et des mauvaises. Drizzt lui prêta une oreille distraite. Tout le ramenait toujours aux enfants. Il s'était senti soulagé d'avoir tué les gnolls en regardant jouer les gosses Poil-de-Chardon. Son propre père avait été hanté par les cris d'enfants massacrés avec leur clan durant les guerres tribales de Menzoberranzan.

Un long silence tomba entre les deux amis, plongés dans leurs réflexions. Puis Drizzt se tourna vers l'aveugle, un grand sourire aux lèvres, et changea abruptement de sujet :

— Mooshie ?

— Montolio DeBrouchee, gloussa le vieil homme, décochant un clin d'œil à son jeune compagnon. Mooshie pour les intimes, et pour les crétins comme McGristle, qui s'étranglent avec les mots plus longs que « cracher », « ours » ou « tuer ».

— « Mooshie », répéta Drizzt dans sa barbe, amusé aux dépens de Montolio.

— Tu n'as rien à faire, *Drizzit* ?

Hochant la tête, l'elfe s'en fut joyeusement. Cette fois, « Drizzit » n'avait plus à ses oreilles les mêmes sinistres résonances.

*
* *

— La Grotte de Morueme, ronchonnait Roddy en chemin, maudite soit-elle !

La seconde suivante, un minuscule lutin était juché sur l'encolure du cheval, regardant le chasseur pétrifié dans le blanc des yeux...

— Sûrement-tu-n'es-pas-stupide-au-point-de-croire-ce-vieux-menteur ?

— Par les Neuf Enfers, hurla le chasseur de primes, qui es-tu ? Et cesse de gigoter dans tous les sens !

— Je... suis... un... ami, dit Tephanis aussi lentement que possible.

Roddy le considéra, l'air curieux.

— Si-tu-veux-le-Drow, tu-n'es-pas-dans-la-bonne-direction.

Peu de temps après, l'homme était de retour dans le domaine de Montolio ; il vit le ranger et son hôte à la peau d'ébène vaquer à leurs occupations.

— Bonne-chasse, humain ! lança Tephanis, avant de repartir vers Caroak, le grand loup qui sentait moins mauvais que cet humain.

Les yeux rivés sur la scène, un sourire mauvais aux lèvres, Roddy songeait au meilleur moyen de se venger. Passer un accord avec Graul était toujours délicat.

*

Le messager de Montolio revint deux jours plus tard avec une note de la main de Colombe Fauconnier. Montolio tendit la lettre au Drow, pour le prier de la lire à haute voix. Ce fut au bout de plusieurs lignes que Drizzt comprit l'importance de la missive : Colombe détaillait ce qui s'était passé à Maldobar, et la chasse à l'elfe qui en avait résulté. Sa version l'innocentait, et désignait les barghests comme coupables.

Son soulagement fut si intense qu'il put à peine lire la fin, où elle exprimait son plaisir de savoir que « l'elfe méritant » avait trouvé refuge chez le vieux ranger.

— Tu as finalement ce que tu mérites, mon ami, dit Montolio, qui savait tout résumer en peu de mots.

QUATRIÈME PARTIE

RÉSOLUTIONS

Je vois maintenant ma longue route comme une recherche de la vérité. Tout pourrait se résumer à une question. Comment définit-on le bien et le mal ?

Je porte en moi mon propre code moral. Mais suis-je né avec lui, ou m'a-t-il été inculqué par Zaknafein ? Je ne saurais le dire. Ce qui importe, c'est que ce code m'a obligé à quitter Menzoberranzan.

Au terme de longues années passées en Ombre-Terre, hors de Menzoberranzan, et après de terribles expériences à la surface, j'en vins à douter de l'existence même de la vérité. Je me demandais s'il y avait la moindre raison de vivre. Dans le monde drow, il y en a une : l'ambition, la recherche de gains matériels allant de pair avec la promotion sociale. Mais tout cela me semblait une piètre motivation.

Je te remercie, Montolio DeBrouchee, d'avoir confirmé mes soupçons. J'ai appris que l'ambition égoïste n'est qu'un gâchis, un gain provisoire forcément suivi par d'irréparables pertes. Car il y a effectivement une harmonique dans l'Univers : le chant concordant du bien collectif. Pour se joindre à ce chœur, il faut trouver les notes justes.

Il y a une autre chose remarquable à propos de cette vérité : les créatures malveillantes ne sont pas capables de chanter.

Drizzt Do'Urden.

CHAPITRE XVI

DES DIEUX ET DES DESSEINS

Les leçons continuèrent. Le vieux ranger allégea considérablement le fardeau du jeune elfe, mais il semblait encore préoccupé. Montolio se perdait en conjectures.

— Tous les humains ont-ils une ouïe si aiguisée ? lui demanda un jour Drizzt à brûle-pourpoint. Ou la tienne est-elle une bénédiction, comme si la nature avait voulu compenser ta cécité ?

La brutalité de la question surprit Montolio. Il y avait de l'agressivité dans la voix de Drizzt.

— Ou ta cécité n'est-elle qu'une ruse, une supercherie pour vaincre tes adversaires ?

— Et si c'est le cas ?

— Alors, c'est une bonne ruse, Montolio DeBrouchee. Cela t'aide sûrement contre l'ennemi... et l'ami.

— Tu n'as pas souvent trouvé ton égal au combat, lui répliqua Montolio, se souvenant de leur duel.

L'expression de Drizzt à cet instant, s'il avait pu la voir, lui en aurait appris long.

— Tu y attaches trop d'importance, reprit le vieil homme après un silence désagréable. Je ne t'ai pas vraiment vaincu.

— Tu m'as terrassé.

— C'est toi-même qui t'es vaincu. Je suis aveugle, le fait est, mais pas aussi impuissant que tu l'imagines. Tu m'as sous-estimé. Je savais que tu commettrais cette faute, même si je n'avais jamais prévu que tu puisses être *aveugle* à ce point.

Montolio sortit une dague, la jeta haut dans les airs, la rattrapa et la lança sur un des rares bouleaux en hurlant « bouleau ! » en même temps.

— Un aveugle aurait-il pu faire cela ? triompha-t-il.

— C'est donc que tu peux voir, affirma Drizzt.

— Bien sûr que non, rétorqua Montolio. Mes yeux n'ont plus fonctionné depuis cinq ans. Mais je ne suis pas aveugle, Drizzt, surtout ici, chez moi ! Si j'étais aussi handicapé que le pense Drizzt Do'Urden, pourrais-je survivre un jour de plus dans ces montagnes ?

Embarrassé, l'elfe ne sut que répondre. Montolio avait raison. Il ne s'était jamais posé de questions sur le ranger, le croyant désavantagé. C'était une erreur.

— Je te pardonne, continua Montolio. A ton crédit, tu m'as mieux considéré que ceux que j'ai connus avant toi, même les compagnons d'innombrables campagnes. Assieds-toi, c'est à mon tour de te conter mon histoire. Voyons, par où commencer ?

Il se gratta le menton. Le seul lien qui le rattachait à son passé, c'était son entraînement de ranger au service de la déesse Mailikki. Drizzt comprendrait.

— J'ai consacré ma vie à la forêt, et à l'ordre naturel, à un âge très tendre, commença-t-il. J'ai appris à vivre dans un monde sauvage et j'ai décidé très tôt de protéger cette perfection, trop vaste et trop merveilleuse pour être comprise. Voilà pourquoi j'aime tant combattre les orcs et autres monstres. Ce sont les ennemis de l'ordre naturel, des arbres et des bêtes autant que des races bienveillantes. Je n'ai aucun scrupule à les tailler en pièces !

Montolio passa des heures à raconter ses campagnes, les expéditions où il agissait en solitaire ou en éclaireur pour d'immenses armées. Il lui parla de son professeur, Dilamon, si douée au tir à l'arc qu'il ne l'avait jamais vue manquer sa cible.

— Elle est morte les armes à la main, en défendant une ferme contre un groupe de géants. Mais ne pleure pas Maîtresse Dilamon, car pas un fermier ne fut blessé, et pas un seul des rares géants rescapés ne reparut dans la région !

Il parla ensuite d'une voix assourdie des rangers éclaireurs, sa dernière compagnie, racontant comment ils avaient combattu le dragon rouge qui terrorisait les villages. Le dragon y avait perdu la vie, avec trois des siens ; Montolio avait eu le visage brûlé.

— Les prêtres m'ont bien soigné, dit-il tristement. A peine une cicatrice en souvenir de mes souffrances... Mais ils n'ont rien pu faire pour mes yeux. Les plaies étaient au-delà de leurs compétences.

— Tu es venu là pour mourir ! l'accusa Drizzt.

Montolio ne nia pas.

— J'ai affronté le souffle du dragon, les lances des orcs, la colère d'hommes mauvais, et la convoitise d'individus prêts à violer la terre pour arriver à leurs fins. Rien de tout cela n'était aussi blessant que la pitié. Même ceux qui avaient combattu à mes côtés me prirent en pitié. Même toi...

— Je ne... ! protesta Drizzt.

— Si. Tu t'es cru supérieur. Voilà pourquoi tu as été battu ! La force d'un ranger, c'est la sagesse, Drizzt. Un ranger se connaît, il connaît ses ennemis et ses amis. Tu m'as cru diminué, sinon tu n'aurais pas tenté une manœuvre aussi téméraire !

— C'est peut-être bien vrai, admit l'elfe à contre-coeur.

— Sur ta question initiale, mon ouïe n'a rien d'exceptionnel. Je fais simplement attention à ce que mes sens me disent. Ce sont de bons guides, comme tu as pu t'en rendre compte. Sans mes yeux, je me suis d'abord cru un homme mort, et j'ai voulu finir ici, dans la pinède que j'avais appris à aimer lors de mes premiers voyages.

« Ce fut peut-être le fait de la déesse Mailikki, Maîtresse des Forêts - ou plus vraisemblablement celui de Graul, un ennemi très proche. Mais il ne me fallut pas longtemps pour changer d'avis. Seul et mutilé, j'ai découvert une raison de continuer à vivre. Ma vie a pris une nouvelle signification, et j'ai redécouvert mes limites. Je suis vieux maintenant, faible et aveugle. Si j'avais péri il y a cinq ans, comme je le voulais, ma vie serait restée inachevée. Je n'aurais jamais su jusqu'où je pouvais aller. C'est dans l'adversité, au-delà de tout ce que Montolio DeBrouchee avait jamais imaginé, que j'ai pu me connaître et connaître ma déesse. (Un raclement de pied hésitant l'intrigua. Il sortit de sa cotte de mailles un pendentif représentant la tête d'une licorne.) N'est-ce pas beau ? »

Drizzt se sentit mal à l'aise. La licorne était parfaitement ciselée et d'un merveilleux cachet, mais les connotations du bijou le troublaient. A Menzoberranzan, le fanatisme des fidèles dévoués à Lloth lui avait profondément déplu.

— Quel est ton dieu, Drow ?

— Je n'ai pas de dieu, et je n'en veux aucun.

Ce fut au tour de Montolio de rester silencieux.

— Mon peuple adore Lloth. Si elle n'en est pas la cause, elle est sûrement le prolongement de leur malveillance, comme Gruumsh l'est pour les orcs, et les autres dieux pour les autres peuples. Suivre un dieu est pure folie. J'écoute plutôt mon cœur.

Le rire de Montolio dépouilla la déclaration de sa puissance.

— Tu as un dieu, Drizzt Do'Urden.

— Mon dieu, c'est mon cœur.

— Comme le mien.

— Tu as appelé ton dieu du nom de Mailikki, protesta-t-il.

— Et tu n'as pas encore trouvé de nom au tien. Ça ne signifie pas que tu n'en aies pas. Ton dieu, c'est ton cœur. Que te dit donc ton cœur ?

— Je l'ignore, admit l'elfe après une courte réflexion.

— Fais un effort ! Que t'ont soufflé tes instincts à propos de la bande de gnolls, ou des fermiers de Maldobar ? Lloth n'est pas ta déesse - cela est sûr. Quel dieu s'accorde au cœur de Drizzt Do'Urden ?

Montolio aurait presque pu « entendre » les haussements d'épaule de son interlocuteur.

— Tu l'ignores ? Mais moi, je le sais.

— Tu présumes de tes aptitudes.

— Es-tu de tout cœur avec Guenhwyvar ?

— Je n'en ai jamais douté.

— Guenhwyvar suit Mailikki.

— Comment peux-tu le savoir ? se troubla l'elfe.

A ses yeux, la panthère lui paraissait au-dessus de tous les dieux.

— Comment le saurais-je ? s'étonna Montolio. Il me l'a dit, bien sûr ! Guenhwyvar est l'âme de la panthère, une créature des domaines de Mailikki.

— Guenhwyvar n'a pas besoin de tes étiquettes, s'emporta-t-il.

— Bien sûr que non. Mais ça ne change rien au fait. Tu ne comprends pas, Drizzt Do'Urden. Tu as grandi entouré de la *perversion* d'une déesse.

— Et la tienne détient la vérité ? s'enquit Drizzt, sarcastique.

— Elles détiennent toutes la vérité, et toutes ne font qu'une, je le crains.

L'elfe dut convenir qu'il ne comprenait rien au discours de son ami.

— Tu vois les dieux comme des entités physiques qui cherchent à nous manipuler. Fort de ton indépendance, tu les rejettes. Les dieux sont en nous, qu'on leur ait trouvé un nom ou pas. Tu as suivi Mailikki toute ta vie, Drizzt. Simplement, ton cœur ne lui connaissait pas de nom. (Soudain, l'elfe se sentit plus intrigué que sceptique.) Qu'as-tu ressenti quand tu as émergé d'Ombre-Terre pour la première fois ? Que t'a dit ton cœur quand tu as vu pour la première fois le soleil, ou les étoiles, ou encore la forêt verte ?

Il se souvint de la caresse du vent sur sa peau, de la sensation d'ivresse, et des senteurs des fleurs en bourgeon.

— Et comment as-tu parlé à Bravache ? poursuivit Montolio. Ce ne fut pas un mince exploit que de partager une grotte avec cet ours ! Que tu l'admettes ou non, tu as le cœur d'un montagnard. Et le cœur d'un montagnard appartient à Mailikki.

Cette conclusion raviva quelques doutes chez l'elfe.

— Et que requiert ta déesse ? demanda-t-il.

— Qu'est-ce qu'elle requiert ? rit Montolio. Je ne suis pas un missionnaire chargé de répandre la bonne parole et d'imposer des règles de conduite ! Est-ce que je ne viens pas de te dire que les dieux étaient en nous ? Tu connais les règles de Mailikki aussi bien que moi. Tu les as suivies toute ta vie. Je t'offre un nom, c'est tout, et un exemple que tu pourras suivre quand tu sentiras que tu t'éloignes de ce qui semble juste et bon.

Drizzt réfléchit à ces mots, le restant du jour.

— Je souhaiterais en savoir plus sur ta... sur notre... déesse, dit-il le soir, quand il trouva Montolio occupé à préparer le repas.

— Et je souhaite te l'apprendre, répondit l'aveugle.

*
* *

Une centaine de paires d'yeux jaunâtres observaient l'homme trapu qui traversait le campement, avec un chien tenu en laisse. Roddy n'aimait guère se rendre au château du roi des orcs, mais il n'avait pas le choix. Les espions de Graul lui avaient déjà fourni quantité de renseignements, lors de ses multiples chasses à l'homme.

Des orcs vinrent le bousculer et lui cracher dessus. Ils cherchaient toujours à provoquer une bagarre quand ils avaient l'avantage du nombre.

Deux gardes bloquaient l'entrée de la grotte royale.

Ils tendirent des mains avides.

— Non, c'est Graul qui payera cette fois ! cracha Roddy.

Le souverain sortit en trombe, catapultant les gardes sur son passage, et vint coller sa gueule à un centimètre du nez de McGristle.

— Graul paie ? gronda-t-il, manquant empoisonner le chasseur avec son haleine pestilentielle.

Roddy s'esclaffa : tels des molosses vicieux, les orcs étaient prompts à égorger ceux qui ne leur tenaient pas tête.

— J'ai des renseignements, roi Graul. Des choses que tu aimerais savoir.

— Parle, ordonna-t-il.

— Paie !

— Parle ! Si tes paroles ont de la valeur, Graul te laissera vivre.

L'homme se résigna. Il était difficile de conclure un pacte satisfaisant avec un chef entouré d'une centaine de guerriers en armes. Toutefois, il n'était pas venu là pour grappiller de l'argent, mais pour se venger. Il ne pouvait attaquer le Drow de front avec Mooshie dans les parages. Dans ces montagnes, entouré de ses amis les animaux, c'était un formidable adversaire. A supposer qu'il l'emporte, les autres rangers, des vétérans comme Colombe Fauconnier feraient tout pour le venger.

— Y a un elfe noir dans ton domaine, puissant roi !

— Un renégat, précisa Graul, nullement surpris.

— Tu le savais ?

— Le Drow a tué mes guerriers.

Les orcs se mirent à piétiner, à cracher et à insulter l'elfe noir.

— En ce cas, pourquoi vit-il ? demanda Roddy, soupçonnant qu'ils ignoraient où trouver le personnage.

— Mes éclaireurs ne le débusquent pas ! tonna Graul.

— Je l'ai débusqué, moi ! Il est avec Montolio !

Le roi chercha des yeux le shaman, guide spirituel de la tribu.

Sur ses conseils, Graul avait toujours évité de se frotter à Montolio. Toute la tribu s'en était soigneusement tenue à distance. Mais Montolio, en volant au secours de l'elfe noir, s'était mêlé de ce qui ne le regardait pas. Maintenant assuré qu'il s'agissait d'un renégat, le roi n'attendait plus qu'un signe pour lancer ses troupes contre la pinède.

— Est-ce le ranger qui a tué le géant ? demanda le roi à Roddy. A-t-il aidé le Drow à tuer mes guerriers ?

Roddy n'avait pas la moindre idée de la réponse, mais il fut prompt à attraper la balle au vol.

— En effet ! cria-t-il. Et à présent ils complotent contre vous ! Vous devez les réduire en bouillie ! Sinon le ranger vous attaquera avec ses amis les elfes et les nains.

La mention des alliés de Montolio - en particulier les elfes et les nains que le peuple de Graul détestait par-dessus tout -, fit rugir le monarque.

Il regarda le shaman dans les yeux.

— Celui-Qui-Regarde doit bénir cette attaque, répondit le shaman à sa question silencieuse. A la nouvelle lune !

Puis il s'en fut, suivi d'une vingtaine de disciples, pour vaquer aux préparatifs.

Graul tendit une poignée de pièces d'argent à l'humain, qui ne lui avait rien appris qu'il sût déjà, mais qui, avec son histoire de conspiration, l'avait aidé à vaincre les superstitions du shaman.

Roddy prit l'aumône sans se plaindre, satisfait, et fit mine de partir.

— Tu restes, décréta le roi dans son dos.

Des gardes vinrent aussitôt encadrer le trappeur, qui jeta un regard inquiet au monarque.

— Tu es invité à te joindre au combat...

Roddy n'avait guère le choix.

Graul fit signe aux gardes de s'écarter, et retourna dans son antre. A l'intérieur, il retrouva un autre « invité ».

— Tu avais raison, dit-il au farfadet.

— Je-suis-très-bon-pour-les-renseignements, triompha Tephanis.

— Caroak nous aidera ? s'enquit le roi, avec un regard soupçonneux sur le loup argenté.

— Bien-sûr ! C'est-aussi-dans-notre-intérêt-de-voir-ces-ennemis-détruits !

Caroak se dressa et sortit.

163

— Caroak-va-chercher-les-worgs, expliqua Tephanis. Une-puissante-force-va-se-réunir-derrière-le-domaine. Trop-longtemps-l'aveugle-a-été-l'ennemi-de-Graul !

Graul hocha la tête, songeant aux semaines à venir. S'il pouvait se débarrasser du ranger et du Drow, sa vallée redeviendrait un lieu enchanteur. Il ne se souvenait plus de la dernière fois où ils avaient pu attaquer par surprise, la méthode préférée des orcs. Une fois Montolio écarté...

Avec l'été - la saison des affaires -, les hommes-sangliers avaient de nombreux pillages en perspective.

Tout ce dont Graul avait besoin, c'était l'assurance que Celui-Qui-Regarde, le dieu Gruumsh, bénirait leur attaque.

La nouvelle lune, qui était pour les orcs un temps sacré, n'était plus qu'à deux semaines de là. Bien moins religieux qu'il ne le laissait paraître, le roi s'abstint de défier ouvertement le guide spirituel de sa tribu.

La nouvelle lune n'était pas si loin. Bientôt, il serait débarrassé du ranger aveugle et du mystérieux Drow.

CHAPITRE XVII

DÉPASSÉS

— Tu sembles préoccupé, dit Drizzt à son ami, le lendemain.

Corneur était juché sur une branche au-dessus de son maître.

Perdu dans ses pensées, Montolio ne répondit pas tout de suite. Drizzt n'y prêta pas grande attention. Il tira d'une poche sa figurine d'onyx.

— Avant que le soleil monte au zénith, Guenhwyvar et moi allons chasser un peu. Ensuite, je me reposerai, et la panthère te tiendra compagnie.

Montolio sortit de sa contemplation.

— Attends, dit-il. Laisse-la se reposer. Nous aurons besoin d'elle bientôt pour autre chose que la chasse.

— Quel est le problème ? demanda Drizzt, soudain inquiet. Qu'a vu Corneur ?

— La nuit dernière, c'était la pleine lune... Une nuit sacrée pour les orcs. Leur camp est à des kilomètres, mais j'ai entendu leurs cris.

Drizzt hocha la tête.

165

— J'ai senti la tension, mais je me suis demandé si ce n'était pas simplement la plainte du vent.

— C'étaient les cris gutturaux des orcs, l'assura Montolio. Chaque mois, ils se rassemblent, et ils exécutent des danses sauvages. Ils n'ont besoin d'aucune potion pour entrer en transe, tu sais. Habituellement on ne les entend pas d'ici. Un vent favorable... défavorable... a porté leurs piaillements sur ses ailes... Corneur est allé jeter un coup d'œil : ils ont formé une armée. Graul se réveille de ce long hiver et semble décidé à en découdre !

— Comment le sais-tu ? s'étonna Drizzt. Corneur peut-il comprendre ce qu'ils disent ?

— Non, bien sûr que non ! s'exclama Montolio, amusé.

— Alors comment peux-tu savoir ?

— Une meute de worgs est arrivée, Corneur me l'a dit. Les orcs et les worgs ne sont pas les meilleurs amis du monde, mais ils s'unissent quand le temps est à l'orage... La fête était grandiose, la nuit passée ; avec la présence des worgs, il n'y a plus de doute possible.

— Y a-t-il des villages dans les environs ?

— Aucun hormis Maldobar. Je doute qu'ils se rendent aussi loin, mais la fonte des neiges sera bientôt terminée, et les caravanes traverseront le défilé, de Sundabar à la Forteresse d'Adbar. Une doit arriver de Sundabar, mais je doute que Graul soit assez téméraire pour s'attaquer à un convoi défendu par des nains armés jusqu'aux dents.

— Combien de guerriers compte le roi orc ?

— Graul pourrait en rassembler des milliers s'il en prenait le temps. Mais il faudrait des semaines, et il n'est pas réputé pour sa patience. Il n'aurait pas non plus appelé les worgs si tôt. Les orcs ont une fâcheuse tendance à disparaître quand des worgs traînent dans les parages, et ces derniers à prendre de la bedaine, si tu vois ce que je veux dire. (Drizzt frissonna.) Graul doit avoir une centaine de guerriers, une vingtaine de worgs, et un géant ou deux.

— Une force considérable contre une caravane.

Mais ils soupçonnaient qu'il ne s'agissait pas de ça. Leur rencontre, deux mois plus tôt, avait tourné aux dépens de Graul.

— Il leur faudra un jour ou deux pour se préparer, ajouta Montolio. Corneur les surveillera cette nuit, et je ferai appel à d'autres espions.

— Je vais aller espionner les orcs. Je l'ai souvent fait quand je conduisais des patrouilles à Menzoberranzan. Ne crains rien.

— C'était en Ombre-Terre, lui rappela Montolio.

— La nuit est-elle si différente ici ? Nous saurons à quoi nous en tenir.

Admiratif, Montolio écouta s'éloigner le pas léger de son ami, qui allait se reposer.

C'était un bon plan.

Le jour s'écoula sans surprise. Le vieux ranger s'occupa à consolider de son mieux les défenses de la pinède. Sans avoir jamais essuyé d'attaque en règle, sinon une bande de voleurs imbéciles, Montolio avait passé des heures à réfléchir à différentes stratégies et à les tester. Il jugeait inévitable que Graul se fatigue de ce statu quo et trouve un jour l'audace d'attaquer.

Il n'y avait pas grand-chose à faire, sauf attendre... Puis Corneur vint l'avertir que le Drow s'éveillait.

Inquiet, Montolio lui prodigua ses derniers conseils :

— Fais attention. Graul n'est qu'un orc, mais il est malin. Il attend peut-être que l'un de nous approche, pour le capturer.

Drizzt palpa une dernière fois sa fidèle figurine d'onyx, donna une tape amicale à son ami et se mit en route.

— Corneur restera avec toi, lui cria Montolio. Ainsi que d'autres amis auxquels tu ne t'attends pas. Pousse un cri si la situation devient intenable !

*
* *

Le campement ennemi était facile à repérer, grâce à un feu qui lançait ses tentacules embrasés jusqu'à la voûte étoilée. Drizzt distingua des silhouettes, dont celle d'un géant, qui dansaient autour des flammes ; il entendit grogner de grands loups, les worgs comme les avait appelés Montolio. Le camp se dressait dans une clairière entourée d'immenses érables et de parois rocheuses.

Drizzt repéra un arbre qui lui parut un poste d'observation idéal. Il commença à monter mais le bruit d'une respiration l'arrêta. Il jeta un coup d'œil prudent et vit, de l'autre côté du feuillage, un orc paisiblement calé sur une fourche. Un mètre les séparait.

Il décida de laisser l'imbécile continuer à rêvasser, et se concentra sur ce qui se passait dans la clairière.

A l'oreille, le langage orc était semblable au gobelin, mais il ne put capter que quelques mots isolés. Par bonheur, les orcs étaient démonstratifs par nature : le traitement réservé à deux mannequins à l'effigie d'un elfe noir et d'un humain moustachu le renseignèrent sur les intentions du clan. Le plus grand, sans doute le roi Graul, lança de furieux anathèmes. Puis soldats et worgs entreprirent de déchirer les effigies à belles dents, à l'exultation des spectateurs, bientôt extasiés quand le géant de pierre avança dans le cercle et écrasa la grossière poupée de l'elfe noir comme une punaise.

Cela continua jusqu'à l'aube. Graul et d'autres orcs se mirent à l'écart pour tracer des plans sur le sol. Drizzt ne pouvait approcher pour saisir leurs murmures ; il n'avait pas l'intention de rester en compagnie de la sentinelle jusqu'au jour.

Il hésita : devait-il tuer l'orc ? Devait-il porter le premier coup contre les ennemis de Montolio ?

Il serait bien assez tôt pour verser le sang. Il descendit de l'immense érable et quitta le campement.

*
* *

Assis sur une passerelle de cordages, Montolio, Corneur sur son épaule, guettait Drizzt.

— Ils viennent pour nous, déclara-t-il quand le Drow fut de retour. Graul mijote quelque chose, probablement un incident au Mont de Rogee.

Il désigna le pic où ils s'étaient rencontrés.

— As-tu un refuge sûr dans des situations pareilles ? Ils viendront cette nuit, je pense, à une centaine au moins, avec de puissants alliés.

— S'enfuir ? s'écria Montolio, qui se redressa d'un bond, Corneur s'agrippant furieusement à son épaule. Fuir devant des orcs ? Ne t'ai-je pas dit qu'ils étaient mon fléau ? Rien de plus doux au monde que de les étriper !

— Devrais-je gâcher ma salive à te rappeler les pronostics ? sourit Drizzt.

— Rappelle-les à Graul ! rit Montolio. Ce vieil orc a perdu les pédales, ou alors il est pris d'un regain d'optimisme pour venir s'attaquer à nous alors qu'il part à cent contre un, battu d'avance ! (Drizzt éclata de rire.) Mais je parierais un seau de truites fraîchement pêchées et trois beaux étalons que le vieux Graul ne viendra pas en personne. Il restera à l'orée des bois, à regarder les autres se battre et à tordre ses doigts boudinés. Quand nous aurons haché menu ses troupes, il sera le premier à filer ! Il n'a jamais eu assez de tripes pour se battre, pas depuis qu'il porte la couronne, en tout cas. Il a trop à perdre, à mon avis. Eh bien, nous verrons où mèneront ses fanfaronnades.

*
* *

Ç'avait été un printemps paisible pour Kellindil et ses semblables. Nomades, ils trouvaient refuge dans la forêt, dans les grottes, partout où les menaient leurs pas. Leur amour allait aux grands espaces, aux étoiles qui les regardaient danser, aux rapides qui ponctuaient leurs chants de leur mélodie, aux grands cerfs et aux ours sauvages qu'ils chassaient dans les montagnes.

Un jour, Kellindil lut de l'appréhension sur les visages de ses frères - une émotion que montraient rarement les elfes.

Les orcs préparaient un sale coup.

— La pinède ! s'écrièrent plusieurs d'entre eux, qui se tournèrent vers Kellindil, l'air interrogateur.

— Je ne pense pas que le Drow ait partie liée avec Graul, répondit-il à leur question muette. Si c'est un ami de Montolio, ce n'est certainement pas un ennemi.

— La pinède est à des kilomètres d'ici, fit remarquer quelqu'un. Si nous voulons aller voir de plus près ce qui se prépare, et arriver à temps pour prêter main-forte au vieux ranger, il faut partir sur-le-champ.

Les elfes rassemblèrent leurs effets et leurs armes. En quelques minutes, ils furent prêts au départ.

*
* *

Drizzt se réveilla tôt le jour suivant, face à un surprenant spectacle. De sombres nuages s'accumulaient dans les cieux. Il s'étira longuement. Très au-dessus de sa petite alvéole, il vit son ami perché sur les plus hautes branches d'un grand conifère. Sa curiosité bascula dans l'horreur pure quand Montolio, hurlant comme un loup sauvage, sauta dans le vide, les bras en croix, comme s'il se prenait pour un aigle.

Un harnachement de cordes le reliait au tronc. Quand il toucha le sol, le conifère était presque plié en deux.

Plusieurs conifères étaient déjà tordus de la sorte, tous pointant vers l'ouest, leur faîte retenu au sol par de grosses cordes.

— Drizzt ? demanda Montolio, en reconnaissant le pas caractéristique de son ami. Attention où tu mets les pieds. Je n'aimerais pas avoir à tout recommencer, même si c'est amusant à faire.

— Tu sembles avoir bien progressé...

— Il y a si longtemps que j'attendais ce jour ! J'ai joué cette bataille des centaines de fois dans ma tête, et je sais le cours qu'elle prendra. (Il s'accroupit et dessina une ellipse schématisant la pinède.) Laisse-moi te montrer.

Il traça un croquis de la région si détaillé et si juste que Drizzt, sidéré, le regarda encore pour s'assurer qu'il était bien aveugle.

La pinède était composée de plusieurs douzaines d'arbres ; le sol s'inclinait en pente douce du sud au nord. Plus loin au nord, le sol était accidenté et rocailleux.

— Le gros de leurs forces viendra de l'ouest, dit Montolio.

Examinant le secteur, Drizzt tomba d'accord. A l'est, là où le sol était inégal, une armée aurait dû marcher en ligne indienne entre deux grands murs de roches et offrir une belle cible. Au sud, le passage n'était guère plus aisé.

— Aucun problème au sud, continua le ranger, comme s'il lisait dans les pensées de son compagnon. Et s'ils viennent du nord, ils devront passer les collines pour nous atteindre. Je connais Graul. Il tentera de nous écraser en attaquant par l'ouest.

— D'où les arbres piégés, fit Drizzt d'un ton admiratif.

— Rusé, n'est-ce pas, se congratula Montolio. Mais j'ai eu cinq ans pour préparer tout cela. Viens avec moi, ce n'est qu'un début.

Il le conduisit vers un autre secret : un antre dissimulé par une couverture de la couleur des feuilles et de l'humus. A l'intérieur se trouvaient d'étranges appareils de fer semblables à des mâchoires et reliés à leur base par une grosse chaîne.

— Des pièges, expliqua-t-il. Les trappeurs les posent dans les montagnes. Corneur les détecte et me les rapporte. J'aimerais voir ces chasseurs de fourrure se gratter la tête quand ils reviennent la semaine suivante ! J'en ai une vingtaine. Je n'aurais jamais cru les utiliser un jour, mais contre Graul et ses acolytes, je n'hésiterai pas.

Drizzt les installa dans la plaine, à l'ouest. Il en plaça même à l'entrée du défilé ; la surprise et la douleur des premiers orcs piégés pourraient efficacement ralentir la charge des suivants.

Après en avoir fini avec les arbres, Montolio installa une série d'arbalètes sur le pont de cordes qui courait du nord au sud.

Le Drow alla chercher l'épieu dans l'arsenal, creusa un trou derrière une grosse racine, là où il avait l'intention d'attendre l'ennemi, et y enterra l'arme aux trois quarts.

Montolio lui montra un tronc évidé et imperméabilisé : il contenait de l'eau-de-vie - don d'un caravanier reconnaissant -, qui s'enflammerait comme la plus raffinée des huiles. Recouvert de mousse et de feuilles à l'entrée du défilé à l'est, il suffirait d'y mettre le feu grâce à un carreau embrasé, lancé de la passerelle.

Leurs défenses en place, il ne restait plus qu'à peaufiner leur stratégie. Parfois, Corneur ou une autre chouette arrivait au rapport. Ils apprirent que l'ennemi était en marche. L'attaque serait pour cette nuit !

— Je veux le géant ! s'exclama Drizzt.

Montolio ne voyait pas sa mâchoire crispée, ou le feu qui dansait dans les yeux lavande, mais il entendait parfaitement les accents déterminés de sa voix.

— *Mangura bok woklok*, sourit-il. Ce qui veut dire mot à mot, « sombre crétin ». Les géants de pierre détestent ça ! Ils foncent tête baissée comme des bêtes furieuses quand ils entendent ça !

— *Mangura bok woklok*, répéta paisiblement Drizzt.

Il s'en souviendrait.

CHAPITRE XVIII

LA BATAILLE DE LA PINÈDE

Drizzt remarqua la tension croissante de Montolio quand Corneur apporta les dernières nouvelles.

Des orcs chevauchant des worgs faisaient le tour vers l'ouest.

— On peut les arrêter, proposa l'elfe.

L'expression lugubre du ranger ne changea pas.

— Un autre groupe - une vingtaine au moins -, arrive du sud, Caroak en tête. Je n'aurais jamais cru que celui-là irait se commettre avec Graul.

— Un géant ?

— Non, un loup d'hiver.

A ces mots, Guenhwyvar, oreilles aplaties, se mit à gronder.

— Il sait... Un loup d'hiver est une perversion de la création, expliqua le ranger, une plaie pour les êtres qui suivent l'ordre naturel des choses ; donc, c'est l'ennemi de Guenhwyvar. (La panthère feula sourdement.) C'est une énorme bête, trop rusée pour un loup. Je l'ai déjà combattu. A lui seul, il nous donnera du fil à retordre ! Avec l'aide des worgs, alors que nous serons occupés à combattre les orcs, il pourrait bien gagner.

Le félin se mit à lacérer la terre de ses griffes.

— Guenhwyvar s'occupera de Caroak, dit Drizzt.

Montolio saisit la tête du félin par les oreilles et fixa les pupilles jaunes de ses yeux morts.

— Attention au souffle du loup. Un cône de givre glacera tes muscles sur tes os. J'ai vu un géant terrassé ainsi ! (Il se tourna vers Drizzt :) Guenhwyvar doit les tenir éloignés jusqu'à ce que nous ayons chassé Graul et ses sbires. *Alors*, nous nous occuperons de Caroak.

Il lâcha les oreilles de la panthère et lui donna une rude caresse sur la nuque.

Guenhwyvar rugit une dernière fois et fonça dans la nuit, flèche noire au cœur du désastre.

*
* *

Comme prévu, l'attaque vint de l'ouest. Divisée en deux groupes, la meute chargea avec force hurlements et piétinements.

— Concentre-toi sur le groupe du sud ! cria Montolio. Des amis vont s'occuper de l'autre !

A cet instant, du bosquet du nord montèrent des hurlements, ponctués par des grognements. Bravache avait répondu à l'appel de son ami ! Sans perdre de temps, Drizzt courut le long de la passerelle semée d'arbalètes, décochant carreau sur carreau. Montolio l'imitait avec son arc.

Dans la masse, il était difficile de voir combien de traits faisaient mouche, mais le bourdonnement des carreaux éclaircit les rangs ennemis.

Les pièges à loup ralentirent considérablement la charge. En préparant soigneusement son tir, l'elfe remarqua un gros orc, à l'orée du bosquet nord. C'était Graul. A son côté, il reconnut McGristle. Il hésita. Mais l'idée de tuer un humain lui répugnait, même pour mettre un terme à ses problèmes.

Il visa et tira. Le carreau vint se ficher contre un arbre, à un doigt de la cible; McGristle tira immédiatement le roi à l'abri. Un géant surgit à leur place et se mit à secouer les arbres qui soutenaient les passerelles. Drizzt sauta sur des branchages au moment où les rondins se dérobaient. Quand il parvint à se dégager, ce fut pour faire face à un nouveau problème : un groupe de cavaliers fonçait sur eux, torches en main.

L'arbalète qui servirait à enflammer l'eau-de-vie était toujours en place. Mais jamais il ne l'atteindrait à temps.

*
* *

Au nord, Guenhwyvar bondissait de rocher en rocher. Poursuivi par les grondements d'une meute de loups, il s'embusqua en hauteur.

Caroak, le grand canidé argent, menait la charge. Sa surprise fut complète quand la panthère lui sauta dessus, toutes griffes dehors.

Des morceaux de fourrure et de chair arrachés volèrent dans les airs. Glapissant, Caroak eut beau se rouler par terre, le fauve ne lâcha pas prise. A l'instar d'un bûcheron capable de garder l'équilibre sur un rondin flottant, il ne perdit jamais pied. Mais Caroak était un vétéran ; il avait survécu à des centaines de batailles. En roulant sur le dos, il exhala un nuage de givre contre son agresseur.

Guenhwyvar esquiva le souffle mortel et l'attaque combinée de plusieurs worgs, mais il fut touché à la mâchoire. Il s'enfuit, talonné par une meute de worgs.

*
* *

Le temps était compté pour Montolio et Drizzt. L'elfe savait qu'il devait protéger leurs arrières avant tout. Il se débarrassa de ses bottes, prit le silex d'une main, un bout d'acier dans la bouche et bondit dans les branchages qui le mèneraient à l'arbalète.

Il y parvint très vite. Il mit le feu aux chiffons imprégnés d'huile, mais, malgré tous ses efforts, il ne réussit pas à déclencher le système de tir.

Montolio entendit l'ennemi percer le mur à l'entrée de la pinède. Il lança trois hurlements gutturaux.

En réponse, un vol de chouettes s'abattit sur les orcs. Comme les pièges, les grands oiseaux ne pouvaient causer que des dégâts légers, mais la confusion ainsi créée permettait de gagner un peu de temps.

*
* *

A ce stade du combat, le seul avantage des assiégés était dans le secteur nord, où Bravache et trois autres gros ours avaient terrassé une douzaine d'orcs et mis en déroute une vingtaine d'autres.

Bravache, qui venait de décapiter un monstre d'un revers distrait de la patte, fonça sur un autre ennemi ; mais la minuscule créature fut bien trop rapide pour lui.

Tephanis n'avait nulle envie de se joindre à la mêlée. Il s'était cru à l'abri au milieu des arbres. Changeant d'avis, il voulut se précipiter vers le sud. Sa vitesse faillit le sauver. Mais le piège à loup se referma sur le bout d'une de ses chausses avec un claquement métallique. Souffle coupé, il s'étala, visage contre terre.

*
* *

Drizzt savait que la lueur de la flèche enflammée ferait de lui une cible ; une énorme pierre lancée par un géant brisa la passerelle. En pleine chute, l'elfe réussit à décocher le carreau enflammé avant que la trajectoire soit trop déviée.

Après un rétablissement d'acrobate, l'elfe parvint à suivre le trait de feu au-delà du mur est. Le carreau s'immobilisa contre le tronc empli d'alcool, laissant une longue traînée d'étincelles derrière lui.

La première moitié des orcs à dos de worgs passa sans encombre, mais les derniers n'eurent pas cette chance. Les flammèches atteignirent le réservoir au moment où ils passaient. Cavaliers et montures s'embrasèrent instantanément.

Ceux qui étaient déjà passés firent volte-face. Certains orcs furent désarçonnés : s'il y avait une chose que les worgs détestaient par-dessus tout, c'était le feu. La vue de trois d'entre eux transformés en torches vivantes ne leur donna guère de cœur au ventre.

*
* *

Guenhwyvar parvint à un plateau dominé par un unique érable, qu'il escalada à une vitesse foudroyante.

La meute surgit à son tour, et renifla l'air, persuadée que sa proie était dans les branchages, mais incapable de distinguer sa silhouette noire.

Guenhwyvar fondit sur le loup d'hiver, lui labourant cette fois les oreilles.

Sentant venir le souffle mortel, la panthère contracta ses muscles dorsaux pour forcer la gueule à dévier. Le nuage glacé frappa trois worgs qui chargeaient.

Guenhwyvar inversa la pression et entendit un claquement sec ; Caroak s'effondra, le cou brisé.

Les trois worgs empoisonnés n'étaient plus une menace : l'un était couché, tentant vainement d'aspirer de l'air avec ses poumons gelés, un second tournait en rond, aveuglé, et le troisième, pétrifié, fixait ses pattes qui, pour une raison inconnue, ne répondaient plus à ses ordres.

Le reste de la meute entreprit de cerner méthodiquement sa proie.

Ils avançaient en cercle, harmonieusement, épaule contre épaule.

*
* *

Les orcs qui menaient la charge progressaient dans l'enchevêtrement d'arbres pliés où ils cherchaient à se frayer un passage. L'un d'eux déclencha le piège et se retrouva suspendu dans les airs par un pied, en compagnie d'un camarade d'infortune. Ceux qui échappèrent au piège ne s'en tirèrent pas mieux pour autant. Les branches épineuses brusquement relâchées lacérèrent les uns et projetèrent les autres à quelques mètres de là.

Entendant que sa ruse avait fonctionné, Montolio ouvrit le feu sur les hommes-sangliers.

De sa position précaire, Drizzt ne perdit pas de temps à s'extasier sur la merveilleuse efficacité de cette stratégie. A l'ouest, le géant s'était remis en route, et de l'autre côté arrivaient deux worgs survivants et leurs cavaliers, munis de torches.

*
* *

Cerné de tous côtés, leur haleine fétide sous le museau, Guenhwyvar usa d'un autre stratagème : il se servit du corps de Caroak comme tremplin pour se propulser au-dessus des worgs. Il saisit au vol la branche la plus basse de l'érable, s'y retint avec les griffes de ses pattes avant, se rétablit et disparut de nouveau dans les branchages.

Il reparut de l'autre côté du tronc, pour sauter à terre. La poursuite reprit de plus belle. Ces dernières semaines, l'intelligent félin avait reconnu les environs. Il savait où entraîner les loups.

Ils longèrent une corniche qui surplombait un obscur ravin. Soudain, le félin pivota à une vitesse inouïe et effectua un saut impressionnant dans la nuit. Il atterrit de justesse de l'autre côté du gouffre. Les worgs ne pourraient pas le suivre de cette façon-là ; le détour leur ferait perdre beaucoup de temps.

A l'instant où un worg plus téméraire que les autres allait tout de même tenter le grand saut, une flèche le cloua au sol.

Les monstres n'étaient pas stupides. La pluie de flèches qui suivit était trop pour eux. Ils s'éparpillèrent, affolés, aux quatre coins de la nuit.

*
* *

Drizzt fit appel à un sortilège pour arrêter les porteurs de flambeaux. Des feux ensorcelés se matérialisèrent pour lécher les mains des orcs. Ces flammes ne brûlaient pas, car elles étaient dépourvues de chaleur. Mais la raison des hommes-sangliers vacilla à ce spectacle.

L'un d'eux, paniqué, jeta sa torche au loin. Un autre laissa tomber le brandon sur la tête de sa monture ; l'épaisse toison prit feu et la bête devint folle. Elle se roula à terre, écrasant son cavalier.

Sitôt ses feux magiques lancés, l'elfe s'était laissé tomber au sol. Deux orcs, ravis de voir une cible à leur portée, se précipitèrent. C'était compter sans la rapidité du Drow. Deux cimeterres apparurent entre ses mains. Pour lui, ce fut un jeu d'enfant de désarmer les orcs et de les tailler en pièces. Il se fraya ensuite un chemin au milieu des combattants disséminés. Un sombre sourire ourla ses lèvres quand il trouva sous son pied l'arme à demi enfouie. Il se remémora les géants qui avaient massacré une innocente famille, et fut réconforté à la pensée de tuer un nouveau spécimen de cette vile engeance.

— *Mangura bok woklok* ! s'écria-t-il.

Le géant qui arrivait entendit l'insulte. Avec un hurlement de rage, il décocha un violent coup de pied à la muraille, qui s'effondra, et fonça sur l'elfe, faisant trembler la terre sous sa masse en mouvement.

Les orcs terrifiés se bousculèrent pour s'écarter de son passage. Le titan égrena un chapelet d'injures en quelques secondes ; faisant trois fois la taille de l'elfe suicidaire et cinq fois son poids, le monstre semblait sur le point d'écraser sans peine le téméraire insecte.

Drizzt semblait paralysé. En fait, il servait d'appât. Au dernier moment, il s'écarta. Emporté par son élan, le géant alla s'empaler sur la pointe munie de barbillons qui lui déchira le cœur et les poumons.

Le monstre resta pétrifié, yeux exorbités de terreur, bouche crispée sur un hurlement muet.

Drizzt faillit adresser un cri de triomphe à la déesse Mailikki. Il sourit en songeant aux perceptions aiguisées de son compagnon, pas si *aveugle* que cela.

Il s'élança pour décapiter le colosse empalé, puis bondit avec de grands cris de joie sur les orcs paniqués, qui retrouvèrent à cet instant l'usage de leurs jambes pour fuir le maléfique guerrier à peau noire.

A une dizaine de mètres de là, un globe de ténèbres insondables chassait devant lui une douzaine de monstres en déroute. Etre rattrapé par cette noirceur, c'était trouver la mort des mains de l'ermite aveugle.

*
* *

Les trois survivants juchés sur leur worg se regroupèrent, tâchant de s'infiltrer à l'est. S'ils y parvenaient... La bataille n'était pas encore jouée. Le premier ne vit pas la silhouette noire qui s'abattit sur lui et le terrassa.

Le worg suivant, plus prompt à réagir, fit volte-face, crocs dénudés. Mais le félin était trop rapide pour lui, ses coups de pattes trop vifs. Le worg fut vite vaincu, un œil à jamais fermé, la langue à moitié arrachée, et la mâchoire inférieure brisée. La présence d'autres ennemis le sauva de la mort.

*
* *

Drizzt et Montolio avaient mis en déroute le gros de l'ennemi, qui s'enfuyait au cri de « mauvais œil ! ». Corneur et les siens ajoutaient à la confusion en voletant à la face des orcs pour leur décocher des coups de serres et de becs, avant de repartir à tire-d'aile dans les nuées. Un autre fuyard déclencha un piège ; ses glapissements de terreur augmentèrent encore l'angoisse ambiante.

— Non ! s'écria Roddy McGristle effaré. Tu ne peux pas laisser ces deux-là battre toute ton armée ! (Il s'attira un regard furibond de Graul.) On peut encore les vaincre ; si tes hommes te voient. ils retourneront au combat !

Roddy disait vrai ; si le roi et lui se montraient, les hommes-sangliers, encore une cinquantaine, reprendraient courage, et se regrouperaient. La plupart de leurs pièges utilisés, Drizzt et Montolio seraient dans de sales draps ! Mais le roi des orcs vit un nouveau problème se profiler à l'horizon, et il décida, malgré les protestations de son acolyte, qu'un vieux ranger aveugle et un elfe noir ne valaient décidément pas le coup.

La plupart des orcs entendirent le danger avant de le voir, car Bravache et ses amis n'étaient pas du genre discrets. Dans la folle mêlée qui s'ensuivit, le plus dur pour les ours fut de distinguer les individus à étouffer entre leurs puissantes pattes fourrées, de ceux qu'il fallait écraser de leur masse bondissante.

Toutes frétillantes, les grosses bêtes, d'apparence pataude et d'humeur ludique, gambadaient à la poursuite de leurs proies, sous la caresse du soleil printanier et de la bise lourde de la fraîcheur du fleuve proche. Ils *adoraient* piétiner des orcs pour les réduire en marmelade !

*
* *

Le farfadet revint à lui pour se découvrir l'unique survivant d'une terrible bataille. Des grognements et des cris lointains lui parvenaient de l'ouest ; un tumulte s'élevait encore de la pinède. Tephanis n'avait pas besoin d'un dessin. Une atroce douleur lui déchirait la jambe. Baissant la tête, il s'aperçut avec horreur que le seul moyen de se dégager était de couper le bout de son pied. Ce n'était pas difficile - seul un lambeau de peau retenait encore les orteils. Craignant de voir revenir l'elfe noir, le farfadet n'hésita pas.

Etouffant un hurlement de douleur, il gagna à pas lents et gauches le taillis le plus proche.

*
* *

— C'est fini, commenta l'éclaireur, quand les autres le rejoignirent sur son promontoire, qui dominait le champ de bataille.

— Je n'en suis pas si sûr, dit Kellindil, qui tendait l'oreille à des cris d'orcs et d'ours.

Il suspectait qu'un étranger avait poussé le prudent

Graul à agir. Il aurait aimé savoir de qui il s'agissait.

— Le ranger et le Drow ont gagné ! s'exclama l'éclaireur.

— Exact. Notre rôle est donc terminé. Rejoignez tous le camp.

— Et toi ?

— Si le sort en décide ainsi. Pour l'heure, j'ai des affaires à régler.

On ne le questionna pas davantage. Kellindil venait rarement sur le territoire des elfes, et il n'y restait jamais longtemps. C'était un aventurier ; la route était sa maison. Il repartit sur-le-champ, suivant les orcs en déroute vers le sud.

*
* *

— Tu en as laissé deux te battre ! hurla Roddy, quand ils prirent un moment dans leur fuite pour récupérer leur souffle. Deux !

La réponse de Graul fut un coup de massue à la volée. Le trappeur le bloqua en partie, mais l'impact le secoua.

— Tu vas me le payer ! cracha-t-il en s'emparant de sa hache.

Instantanément une douzaine des séides du roi se matérialisèrent.

— Tu es la cause de ce désastre ! grogna Graul. Tuez-le !

Le chien para la première attaque, tandis que son maître filait sans attendre son reste, utilisant tous les trucs de sa connaissance pour distancer la meute.

Ses efforts furent vite récompensés - les orcs avaient leur compte pour cette nuit. Le chasseur aurait été plus avisé de regarder devant lui au lieu de courir en gardant un œil par-dessus son épaule.

Un froissement de branches l'alerta - le pommeau d'une épée le cueillit en pleine face. La force du coup, combinée à l'élan de sa course, expédia l'homme dans l'inconscience.

— J'aurais dû m'en douter, commenta Kellindil penché sur sa victime.

CHAPITRE XIX

DES CHEMINS SÉPARÉS

Huit jours ne suffirent pas à calmer les douleurs du farfadet amputé. Courir était devenu une gageure.

Caroak était mort - remplacé par la stupide bestiole jaunâtre du chasseur. A vrai dire, le chien et le lutin ne s'aimaient guère.

Tephanis aurait adoré égorger le corniaud, qui ne cessait de gronder après lui, puis courir sur sa carcasse pelée, pour taillader et dépecer ce miteux. Mais à la nuit tombée, l'abruti à quatre pattes lui serait utile.

Il fila en lançant un dernier juron à l'animal, se dépêchant sur les sentiers de montagne. Cette nuit pourrait bien être sa dernière chance. Les lumières de Maldobar scintillaient dans le lointain, mais c'était un feu de camp qui guidait le lutin, heureux de ne pas rencontrer l'elfe en chemin.

Il trouva Roddy McGristle assis à la base d'un arbre énorme, les bras liés derrière lui. Le montagnard avait tout d'une épave, mais Tephanis n'avait plus le choix. Ulgulu et Kempfana étaient morts,

Caroak était mort, et Graul, après ce désastre, avait mis la tête du lutin à prix.

Ça ne laissait plus que Roddy. Un allié peu reluisant, mais la minuscule créature refusait désormais de survivre seule.

Tephanis se précipita pour murmurer à l'oreille du prisonnier :

— Tu-seras-à-Maldobar-demain.

Au son de la petite voix, Roddy se tendit.

— Fiche le camp, gronda-t-il, pensant que l'autre venait le taquiner.

— Tu-devrais-être-plus-gentil-avec-moi, ça-oui ! L'elfe-veut-t'emprisonner-pour-crimes-contre-le-ranger-aveugle !

— Ferme-la !

— Qu'est-ce qu'il y a ? cria Kellindil, à proximité.

— C'est-malin, stupide-humain !

— Je t'ai dit de ficher le camp !

— Ça-se-pourrait, et-tu-serais-bien-avancé ! répondit le lutin en colère. Je-peux-t'aider, si-tu-le-veux.

— Défais mes liens.

— C'est-déjà-fait.

Roddy s'aperçut que c'était vrai. Kellindil apparut à cet instant.

Tephanis fila ; le trappeur jugea plus prudent de ne pas bouger face à l'elfe lourdement armé qui apportait à manger.

Un bourdonnement inhabituel, derrière Kellindil, lui fit faire volte-face ; Roddy saisit l'occasion pour attaquer. Au corps à corps, l'elfe ne faisait pas le poids contre une brute de ce gabarit. Les mains épaisses se refermèrent autour du cou gracile...

Une fois sa besogne achevée, le chasseur apprit avec joie de la bouche du farfadet que son chien était attaché à un arbre, non loin de là.

— Qui es-tu ? Et qu'attends-tu de moi ?

— Je-ne-suis-qu'une-petite-chose, tu-le-vois-bien. J'aime-avoir-de-*grands*-amis.

— Eh bien, tu l'as mérité, admit Roddy au bout d'un instant de réflexion. (Il alla récupérer sa hache dans les effets de l'elfe assassiné.) Allons, j'ai un compte à régler avec un certain Drow.

Les traits délicats du lutin prirent un air revêche, mais il se ressaisit très vite, même si ses douleurs furent ravivées à l'idée de retourner dans les parages de la pinède et du maudit elfe noir.

— Non ! (Peu habitué à ce qu'on lui désobéisse, Roddy plissa les yeux.) Pas-besoin, mentit Tephanis. Le-Drow-est-mort, tué-par-un-worg. (Le chasseur ne parut pas convaincu.) Je-t'ai-conduit-à-lui-une-fois, lui rappela-t-il.

Malgré sa déception, le chasseur ne douta plus de sa parole. Sans Tephanis, il le savait, il n'aurait jamais retrouvé l'elfe, et il serait à des centaines de kilomètres de là, à inspecter les alentours de la Grotte de Morueme.

— Et le ranger aveugle ?

— Il-vit, mais-laisse-le-vivre. Beaucoup-d'amis-puissants-l'ont-rejoint... Des-elfes, beaucoup-d'elfes.

Roddy hocha la tête. Il n'avait rien contre Mooshie, et il ne tenait pas à affronter les semblables de Kellindil.

Ils enterrèrent l'archer avec tous les objets qu'ils ne pouvaient pas prendre, trouvèrent le chien, et partirent le soir même pour l'ouest sauvage.

*
* *

L'été passa agréablement ; Drizzt se fit au mode de vie d'un ranger plus naturellement que l'espérait

Montolio. L'elfe apprit le nom de tous les arbres et buissons de la région, de tous les animaux, et, plus important encore, il *apprit à apprendre*, à interpréter les indices dispensés par la déesse Mailikki. En étudiant les mouvements d'une bête inconnue, il pouvait déduire ses intentions, son comportement et son humeur.

Drizzt écoutait attentivement le vieil homme, absorbant chaque mot à mesure qu'il découvrait les secrets de la nature.

A la fin de l'été, le Drow en savait assez pour tirer ses conclusions. Il était si absorbé dans la découverte de ce monde qu'il remarqua à peine les changements chez son ami. Montolio commençait à sentir le poids des années. Ses mains s'engourdissaient, le froid le saisissait. N'étant pas homme à se plaindre, il supportait stoïquement ces douleurs. Mais il savait ce qu'elles annonçaient.

Sa vie avait été longue et riche. Il n'aurait pas de regret.

— Quels sont tes plans ? demanda-t-il un soir à Drizzt.

La question frappa l'elfe de plein fouet. Tout à sa découverte d'une vie paisible, pourquoi aurait-il dû voir plus loin que l'heure présente ?

— Quels sont tes plans, Drizzt Do'Urden ? insista le vieil homme. Où vas-tu aller vivre et comment ?

— Me jettes-tu dehors ?

— Bien sûr que non.

— Alors je vivrai avec toi.

— Je veux dire *après*, s'énerva Montolio.

— Après quoi ?

Le ranger éclata de rire.

— Je suis un vieil homme, et tu es un jeune elfe. Même si j'étais un marmot, tu vivrais bien plus longtemps que moi. Où ira Drizzt Do'Urden quand Montolio DeBrouchee n'existera plus ?

— Je... (Il se détourna.) Je resterai ici.

— Non. Tu dois espérer davantage que cela. Cette vie ne te convient pas.

— Elle t'a bien convenu !

— Pendant cinq ans, rétorqua Montolio, placide. Cinq ans après une vie d'aventures.

— Ma vie n'a pas été si sereine.

— Mais tu es encore un enfant. Cinq ans, ce n'est pas cinq *cents* ans, et c'est ce qu'il te reste à vivre. Promets-moi de revenir sur ta décision quand je ne serai plus là. Il y a tout un monde dehors, mon ami, une vallée de larmes, mais avec de beaux arcs-en-ciel. La douleur te fait grandir, et l'arc-en-ciel adoucit la peine.

« Promets moi que lorsque Mooshie ne sera plus, Drizzt partira et trouvera sa place dans le monde. »

Il aurait voulu protester ; comment Montolio pouvait-il être si certain que la pinède n'était pas son foyer ? Bien sûr, il connaissait son sincère désir de parcourir le monde. Combien d'autres Mooshie pourrait-il rencontrer ? Combien d'amis ? Et combien vide serait cette pinède quand il n'y aurait plus que la panthère et lui pour y vivre ?

— Promets-moi : quand le temps sera venu, tu considéreras ce que j'ai dit.

Confiant, il n'eut pas besoin de voir le hochement de tête affirmatif de son ami.

*
* *

Les premières neiges vinrent plus tôt cette année-là, une légère poussière de nuages brisés jouant à cache-cache avec la pleine lune. Ce jour-là, Drizzt revint à la pinède après une chasse fructueuse.

Le feu mourait doucement. Corneur était juché sur une branche basse, immobile ; le vent semblait être tombé. La panthère était couchée au coin du feu.

— Mooshie ? appela doucement Drizzt.

Il poussa la couverture qui protégeait l'antre du vieil homme, et recourut à l'infravision pour scruter l'obscurité.

Il resta longtemps sans bouger, à regarder les dernières traînées de chaleur fuir le corps du ranger. Mais si Mooshie était glacé, son sourire irradiait par-delà la mort.

Les jours suivants, Drizzt lutta contre les larmes ; chaque fois qu'il revoyait cet ultime sourire, la paix descendue sur le vieil homme à l'heure de la mort, il se rappela qu'il pleurait sur lui-même, sur son ami perdu, et non *pour* Mooshie.

Il érigea un monticule funéraire près de la pinède, puis passa l'hiver au ralenti. Corneur venait de moins en moins souvent ; un jour, il lança un regard d'adieu à l'elfe.

Au printemps, Drizzt comprit le point de vue de l'oiseau. Depuis plus d'une décennie, il avait été à la recherche d'un foyer, et il l'avait trouvé avec Montolio. Mais lui parti, la pinède n'était plus si hospitalière. C'était la maison de Mooshie, pas la sienne.

— Comme je l'ai promis, murmura-t-il un matin.

Emballant quelques objets, y compris des livres intéressants, il prit ses cimeterres, son arc long en bandoulière, et parcourut une dernière fois la pinède...

Il appela Guenhwyvar ; les deux amis partirent sans se retourner, à la rencontre d'un monde de douleurs et de joies.

CINQUIÈME PARTIE

TERRE PROMISE

Lorsque je dus quitter définitivement Mooshie, je fus de nouveau seul, excepté quand Guenhwyvar répondait à mon appel. Mais je n'étais solitaire qu'en apparence. En esprit, je marchais avec l'incarnation de mes principes. Mooshie avait appelé Mailikki « déesse » ; pour moi, elle était un mode de vie.

Elle marcha à mon côté, le long des nombreux chemins du monde de la surface. Elle veilla à ma sécurité et chassa le désespoir quand je fus repoussé puis traqué par les nains de la Citadelle Adbar, une forteresse située au nord-est de la pinède de Mooshie. Mailikki, et la certitude de ma valeur, me donnèrent le courage de m'approcher des villes du nord. L'accueil que j'y recevais ne variait pas : le choc puis la peur, vite transformés en colère. Les plus généreux me dirent simplement de déguerpir ; d'autres m'éjectèrent les armes à la main. A deux reprises, je fus forcé de me battre ; je réussis à m'échapper sans blesser sérieusement quiconque.

Les égratignures étaient un prix minime à payer. Mooshie m'avait demandé de ne pas vivre comme il avait vécu. Il avait eu raison. De mon voyage dans les terres du nord, je retins une chose - l'espoir -, un sentiment que je n'aurais jamais connu si j'étais resté ermite dans la pinède. A chaque nouveau village, l'espérance donnait un nouvel allant à mes pas. Un jour, j'en avais la conviction, je serais le bienvenu et je trouverais ma terre promise.

Un jour, oui... Mais quand ?

Drizzt Do'Urden.

CHAPITRE XX

ANNÉES ET KILOMÈTRES

L'*Auberge de la Moisson* à Westbridge était le point de rencontre favori des voyageurs qui arpentaient la Grand Route reliant les deux cités du nord, Eauprofonde et Mirabar. En plus de chambres confortables à des prix raisonnables, la *Moisson* proposait aux voyageurs la *Taverne de Terry*, un établissement renommé pour les histoires qui y circulaient, et où un client pouvait trouver à toute heure du jour et de la nuit des aventuriers venus d'horizons aussi variés que Sundabar ou Luskan. L'âtre dispensait sa vive et joyeuse chaleur, le vin coulait à flots ; les odyssées contées chez Derry volaient de bouche en bouche à travers les Royaumes.

Emmitouflé dans son manteau rapiécé, Roddy mangeait à belles dents son plat de mouton et de légumes. Le vieux chien grondait à ses pieds. De temps à autre, il recevait un morceau de viande.

Le chasseur de primes affamé relevait rarement le nez de son assiette, mais ses petits yeux injectés de sang scrutaient la salle. Il connaissait quelques-uns des ruffians attablés ce soir-là. Il ne leur faisait aucune confiance.

Reconnaissant le chien, un homme de grande taille faillit saluer le trappeur. Mais il se ravisa. McGristle n'en valait vraiment pas la peine. Personne ne savait ce qui s'était passé après le massacre de Maldobar, quelques années plus tôt, mais Roddy McGristle en était sorti très atteint. Déjà de nature sauvage, il passait désormais plus de temps à grogner qu'à parler.

Une discussion était en train de dégénérer ; quelqu'un pointa le doigt sur l'homme des montagnes en criant :

— Demandez à McGristle si je ne dis pas vrai ! Roddy McGristle ! Il en sait plus long sur les elfes noirs que quiconque ici !

Des commentaires montèrent de tous côtés tandis que deux hommes se déplaçaient lentement vers le chasseur attablé.

— Tu es Roddy McGristle, n'est-ce pas ? demanda le premier avec respect.

— Et si je l'étais ? répondit-il calmement, appréciant qu'on s'intéresse à lui.

On n'avait plus prêté attention à ce qu'il avait à dire, depuis la mort des Poil-de-Chardon.

— Ouais, grogna un mécontent, qu'est-ce qu'il peut bien savoir sur les elfes noirs ?

Le regard furieux de Roddy le fit taire. Il aimait le sentiment d'être à nouveau important et respecté.

— Un Drow a bousillé mes chiens, grommela-t-il. Maudit... (il écarta à dessein l'écharpe qui dissimulait à demi son visage) et il m'a fait *ça*.

Pour une fois, les murmures de l'assistance procurèrent une immense satisfaction au chasseur de primes. Il se tourna de tous côtés pour qu'on voie parfaitement ses cicatrices, et savoura les réactions aussi longtemps que possible.

— Peau noire et cheveux blancs ? s'enquit le petit homme bedonnant qui avait lancé le débat avec son histoire d'elfe noir.

— Sûr, si c'est un elfe noir !

— C'est ce que je me tuais à leur dire ! triompha l'inconnu. Ils prétendent que j'ai vu un elfe blanc sale ou un orc, mais je sais encore ce que je dis !

— Si t'as vu un Drow, commença Roddy l'air sombre, tu n'oublieras pas de sitôt ! Que ceux qui en doutent aillent voir par eux-mêmes.

— Eh bien, moi, je l'ai bien vu. Je campais à Lurkwood, au nord de Grunwald. C'est alors que cet étranger a surgi sans crier gare ! (Tout le monde tendit l'oreille.) Pas un son, pas un pépiement d'oiseau, rien ! Je lui ai demandé ce qu'il voulait.

« Il a répondu qu'il cherchait un abri pour la nuit, tranquille comme Baptiste ! Ça me paraissait raisonnable, seulement, je lui ai demandé de rabattre son capuchon que je voie sa tête. Il a fini par le faire, lentement... Je n'ai pas eu besoin d'en voir plus ! A voir ses mains noires comme de la suie et fines comme celles d'un elfe, j'ai eu la certitude que j'avais un Drow sous les yeux. Un Drow, je dis, et si vous me croyez pas, allez-y donc voir par vous-mêmes ! Moi, j'ai froid dans le dos quand je repense aux yeux lavande qui me fixaient... »

— Des yeux lavande ? hoqueta Roddy.

Il avait rencontré quantité de créatures dotées d'infravision. Il savait que de tels yeux, normalement, semblaient rougeoyer. Il se souvenait encore du regard lavande de l'assassin de ses molosses. Ces étranges pupilles étaient une rareté, même parmi les elfes noirs.

Le petit homme confirma :

— Ils étaient bien lavande...

— Quelles armes portait-il ? continua Roddy en se levant.

— Des lames incurvées...
— Des cimeterres ?
— Des cimeterres.
— A-t-il dit son nom ?

L'autre ne répondit pas de suite. Roddy l'attrapa par le col de sa chemise et le fit basculer sur la table.

— Non... Euh... Si, Drizz...
— Drizzit ?

L'homme haussa des épaules perplexes ; Roddy le lâcha.

— Où ? tonna-t-il. Et quand ?
— Aux environs de Lurkwood, bafouilla-t-il. Il y a trois semaines. Le Drow allait à Mirabar, avec les Frères des Lamentations, je crois.

La plupart grommelèrent à la mention de cette confrérie de fanatiques, qui allaient de par le monde en prétendant que la douleur existait en quantité limitée. En conséquence, ils se mortifiaient à dessein, se torturaient, se mutilaient, afin, disaient-ils, que les autres aient moins à souffrir. On les méprisait dans tous les Royaumes.

Roddy quitta la salle en trombe, son chien sur les talons. L'hiver arrivait, et Mirabar était à cinq cents kilomètres de là. Cette nuit-là, le petit homme se mit en devoir de conter la « véridique histoire du Drow Drizzit et de Roddy McGristle ».

Le trappeur se remit en route.

— Eh ! Que-fais-tu ? se plaignit le farfadet, sortant la tête d'une sacoche, à dos de cheval.

— Tu m'as menti, espèce de gnome ! gronda Roddy. Le Drow est bien vivant, et en route pour Mirabar !

— Mirabar ? C'est-trop-loin, c'est-trop-loin ! On-doit-aller-au-sud, là-où-il-fait-chaud !

— J'oublierai ce que tu m'as fait, gronda l'homme. *Si* nous rattrapons le Drow.

Abattu, le farfadet retourna dans la sacoche. Roddy McGristle en valait-il vraiment la peine ?

*
* *

Drizzt se pelotonnait contre la chaleur bienfaisante d'un vieux baril d'huile. C'était le septième hiver qu'il passait à la surface, mais le froid le faisait toujours souffrir. Il avait vécu des décennies en Ombre-Terre où les saisons étaient totalement inconnues. Les vents glacés, venus de l'Epine Dorsale du Monde, annonçaient déjà les rigueurs de l'hiver. Drizzt n'avait qu'une vieille couverture rapiécée. Il sourit en entendant les frères murmurer pour savoir lequel boirait le vin qu'ils venaient d'obtenir en mendiant. Les frères le laissaient à l'écart. Ils acceptaient sa présence pour des raisons pratiques. Si quelques-uns aimaient vraiment se faire attaquer par une kyrielle de monstres - une occasion d'endurer de réelles souffrances -, les autres, plus pragmatiques, appréciaient de pouvoir compter sur un guerrier compétent.

De tels rapports n'étaient pas satisfaisants, mais ils étaient *acceptables*. L'elfe avait quitté la pinède de Mooshie des années plus tôt, plein d'un espoir vite douché par la réalité. Village après village, on l'avait accueilli à coups d'insultes, de malédictions et d'épées. Un haussement d'épaules, et il continuait. Fidèle à son cœur de ranger, car il en avait vraiment l'âme, il acceptait son sort.

Le dernier rejet lui avait montré la fragilité de sa résolution. Ses propres peurs - non des gardes -, l'avaient tenu éloigné de Luskan, sur la Côte des Epées. Il avait rencontré les Frères des Lamentations à proximité de la ville. Ils l'avaient accepté, non sans hésiter, parce qu'ils étaient trop imbus de leur malheur pour se soucier de quelque différence raciale. Deux d'entre eux s'étaient même jetés à ses pieds, le suppliant de déchaîner sa « violence d'elfe noir » pour les faire souffrir.

Durant le printemps, puis l'été, leur relation était restée ainsi, Drizzt leur servant d'ange gardien muet tandis qu'ils continuaient à mendier et à se fustiger. Tout cela lui déplaisait, mais il n'avait pas le choix. Il les protégeait, même s'il ne les estimait pas.

Ce soir-là, il lui fallut repousser un de ces fous qui lui criait de « déchaîner sa colère contre lui ».

Frère Mateus vint le débarrasser de l'ivrogne, frère Jankin, en le priant de les excuser. Drizzt sourit pour indiquer qu'il ne s'en offensait pas, mais il surprit le chef du groupe - le plus lucide -, en annonçant :

— J'irai jusqu'à Mirabar avec vous, puis je vous quitterai.

— Nous quitter ?

— Je ne suis pas à ma place, expliqua l'elfe.

— Si l'un d'entre nous t'a offensé...

— Personne ne m'a offensé. Il y a *plus* pour moi en ce monde, frère Mateus. Ne sois pas fâché, je t'en conjure, mais je pars. Je n'ai pas pris cette décision de gaieté de cœur.

— Comme tu voudras. Mais pourras-tu au moins nous escorter le long du tunnel qui mène à Mirabar ? Il y a souvent des voleurs tapis dans les ombres, prêts à dévaliser de malheureux frères mendiants.

— Dix-Cités ! marmonna Jankin au milieu de sa stupeur. C'est l'endroit pour souffrir ! Tu aimerais ça, Drow ! La terre des renégats !

— N'est-ce pas pourquoi vous y allez ? s'enquit Drizzt, saisi par les mots de l'ivrogne, tandis que frère Mateus le secouait pour le faire taire. Pour tomber, victime des débauchés, et souffrir ? La route normale serait plus sûre et plus dégagée que le tunnel réservé aux convois de minerais et de matériaux.

— Les autres insistent pour que nous l'empruntions, rétorqua Mateus. Mais je préfère des formes plus personnelles de souffrance, et j'apprécierais ta compagnie jusqu'à Mirabar.

Drizzt aurait voulu hurler à la face de tant d'hypocrisie. Mateus estimait que sauter un repas constituait une dure souffrance ; il gardait sa façade de mystique parce que bien des gens jetaient une aumône aux frères pour s'en débarrasser.

Ces faux martyrs étaient la négation de tout ce que Mooshie lui avait appris.

Il lui faudrait partir vite, une fois arrivé à Mirabar. La contagion risquait de le gagner...

CHAPITRE XXI

HEPHAESTUS

Tephanis regarda les six hommes atteindre lentement l'entrée du tunnel qui menait à l'ouest de Mirabar. Roddy l'avait envoyé en éclaireur repérer la position du Drow. Le farfadet songeait que si le trappeur se trouvait de nouveau face au « drizzit », lui n'aurait plus qu'à se chercher un nouveau maître.

— Pas-cette-fois-Drow, murmura-t-il, une idée lui traversant l'esprit. Cette-fois-je-t'aurai !

L'hiver dernier, il avait traversé ce tunnel avec le chasseur, quand les neiges avaient rendu impraticable la route de l'ouest. Le *diligent* avait appris nombre de ses secrets.

Il pénétra dans le tunnel longtemps avant le groupe, et, à deux kilomètres de là, ouvrit la serrure complexe - un jeu d'enfant pour lui -, d'une manivelle de herse.

*
* *

Frère Mateus ouvrait la marche. Les autres faisaient cercle autour de l'elfe noir afin de le cacher aux regards importuns. Ce dernier gardait son manteau serré et les épaules voûtées.

Mateus fit halte à une intersection : la herse était levée. A douze pas sur la droite, une porte blindée était grande ouverte. Elle donnait sur d'épaisses ténèbres.

— Espérons, remarqua un frère, que des voyageurs n'iraient pas s'égarer dans ce corridor s'ils ne connaissent pas la route.

— Peut-être devrions-nous fermer cette porte, dit un autre.

— Non, intervint vivement Mateus. S'il y a des marchands engagés dans ce passage, ils n'apprécieraient sûrement pas cette initiative.

— C'est un signe ! hurla Jenkin. Un signe de Dieu ! Nous sommes appelés, mes frères, vers Phaestus, l'ultime souffrance !

— Qui est ce Phaestus ? demanda Drizzt, tandis que les autres s'évertuaient à maîtriser le poivrot.

— Hephaestus, corrigea frère Mateus.

L'elfe se souvint d'un vénérable dragon rouge qui était censé vivre au nord-ouest de Mirabar. Il avait lu ça dans un des livres de Montolio.

— Ce n'est pas son vrai nom, évidemment, poursuivit Mateus. Personne ne le connaît.

— Hephaestus est un vieux dragon rouge ; même les nains ignorent son âge réel, précisa frère Herschel. La ville tolère sa présence car il est paresseux et stupide. La plupart des cités en feraient autant. Hephaestus n'est pas un pillard-né. Personne ne se souvient de la dernière fois où il est sorti de son antre. Il accepte même, à l'occasion, de faire un peu de « métallurgie », quoique ses gages soient plutôt élevés ! Mais personne ne sépare mieux les métaux que le souffle d'un dragon rouge.

Jankin se libéra d'une violente secousse ; plus vif que l'éclair, l'elfe fonça comme une flèche sur le dément et le rattrapa devant la lourde porte blindée. D'un seul mouvement, il le terrassa.

— Partons d'ici sur l'heure, dit Drizzt. Je commence à être fatigué de Jankin. Si ça continue, je vais le laisser se fourrer dans les griffes du dragon !

A l'instant où deux frères venaient ramasser leur camarade pour se remettre en route, une voix s'éleva dans les ténèbres :

— A l'aide !

Les cimeterres se matérialisèrent instantanément dans les mains du Drow.

— Vois-tu quelque chose ? demanda Mateus, sachant que l'elfe pouvait recourir à l'infravision.

— Non. Le tunnel tourne immédiatement.

— Au secours !

Derrière eux, Tephanis réprima un rire mauvais ; les *diligents* étaient ventriloques ; son seul problème consistait à parler assez lentement pour que les humains l'entendent.

Drizzt fit un premier pas prudent. Il indiqua à ses compagnons de rester en arrière.

Le diablotin était trop rapide. Avant que les frères puissent rebrousser chemin, la porte blindée se referma sur eux, et la herse tomba.

Quelques instants plus tard, Tephanis revint à l'air libre, fier de sa ruse. Il prit un air perplexe pour expliquer à Roddy qu'il n'avait vu nulle part trace des mendiants et de l'elfe noir.

*
* *

Les frères se fatiguèrent vite de hurler, surtout quand Drizzt leur rappela que leurs cris risquaient d'attirer l'attention de l'occupant du tunnel.

— Nous sommes perdus, pesta Mateus, à la lueur d'une bougie. Sans moyen de sortir d'ici, et avec peu de vivres.

— Un autre signe ! bafouilla soudain Jankin.

Deux frères le secouèrent ; ils finirent par s'asseoir sur lui pour l'empêcher de courir jusqu'à l'antre du dragon.

— Jankin n'a peut-être pas tort, réfléchit Drizzt à haute voix.

Mateus lui décocha un regard mauvais.

— Tu penses que nos vivres dureraient plus longtemps si on le laissait jouer les torches vivantes ?

Drizzt éclata de rire malgré lui.

— Je n'ai pas l'intention de sacrifier quelqu'un. Mais il semble qu'il n'y ait pas d'autre issue.

— Si c'est le cas, pas question d'avancer ! Tu ne songes pas à aller trouver le dragon dans son antre ?

— Nous verrons...

Drizzt alluma une seconde bougie, et fit quelques pas, excité à l'idée de combattre un dragon. Montolio était devenu aveugle par la faute d'une de ces créatures. Pourtant le souvenir de cette bataille avait toujours illuminé ses yeux. Drizzt commençait à saisir le sens des discours de son défunt ami sur la différence qui existe entre la survie et la plénitude.

Stimulé par ce qui allait suivre, il sortit de sa besace le livre sur les dragons et se reporta au paragraphe mentionnant le dragon rouge. On y confirmait qu'Hephaestus n'était pas son véritable nom, mais une référence à un obscur dieu des forgerons. La paresse et la stupidité du spécimen étaient précisées. Hephaestus était réputé pour son orgueil sans bornes, et pour « manquer totalement de méfiance ».

Mateus vint le prier de laisser là ses vaines lectures pour aider Herschel à trafiquer la serrure.

— Pas si vaines, rétorqua le Drow. Il y est question de vanité.

— De vanité ? Qu'est-ce que...

— Celle des dragons, expliqua-t-il. Un détail de grande importance. Tous en sont pourvus à l'excès, qu'ils soient les maléfiques ou bienveillants.

— Avec des griffes longues comme des épées, et un souffle capable de fondre la pierre, ils peuvent se sentir importants ! dit Mateus.

— Peut-être, concéda l'elfe. Mais la vanité est une faiblesse - n'en doute pas -, même pour un dragon. Nombre de héros s'en sont servis, au grand dam de ces créatures.

— Tu envisages de tuer cette chose ? s'exclama l'autre, ébahi.

— S'il le faut, répondit l'elfe.

Levant les bras au ciel, Mateus se tourna vers les autres ; il hocha la tête en réponse à leurs muettes interrogations.

Drizzt sourit et retourna à sa lecture. Son plan prenait tournure ; il apprit le passage par cœur.

Trois bougies plus tard, il lisait toujours, et les frères s'impatientaient. Mateus revint à la charge :

— Toujours dans la vanité ?

— Terminé pour ce chapitre. (Il montra un croquis de dragon noir enroulé autour d'arbres morts dans un marécage.) J'étudie un dragon qui pourrait servir notre cause.

— Hephaestus est rouge, laissa tomber Mateus, méprisant, pas noir.

— Celui-ci est différent. C'est Mergandevinasander de Chult, peut-être un visiteur venu s'entretenir avec Hephaestus.

— Les rouges et les noirs ne s'entendent guère, maugréa Mateus. N'importe quel idiot sait ça.

— J'écoute rarement les idiots.

Mateus revint vers les siens, secouant de nouveau

la tête.

— Il y autre chose que vous ne savez pas, au contraire d'Hephaestus, poursuivit l'elfe d'une voix trop basse pour être entendue, Mergandevinasander a les yeux pourpres !

Il referma le livre, persuadé d'avoir assez d'atouts en mains. S'il avait déjà posé les yeux sur la terrible splendeur d'un dragon rouge, il n'aurait pas souri. Mais son ignorance et les souvenirs du brave Montolio lui insufflaient le courage nécessaire ; le jeune Drow n'avait rien à perdre, et aucune intention de mourir de faim.

Tout d'abord, il allait s'exercer à prendre sa plus belle voix de dragon.

*
* *

De toutes les splendeurs qu'il avait vues au cours de sa vie aucune - ni les grands palais de Menzoberranzan, ni les cavernes des Illithids, ni même le lac d'acide -, n'approchait de l'incroyable spectacle de l'antre d'un dragon. Des montagnes d'or et de gemmes s'élançaient jusqu'à la voûte, remplissaient l'immense cavité de tous leurs feux, tels de splendides embruns dans le sillage d'un vaisseau surnaturel. Armes et armures, aux magnifiques éclats, s'empilaient ; les objets ouvragés, calices et gobelets de toutes sortes, auraient pu remplir la salle aux trésors de centaines de rois.

Drizzt dut se rappeler de respirer devant tant de beauté. Ce n'étaient pas les richesses qui le fascinaient - les biens matériels lui importaient guère -, mais les aventures que chuchotaient tous ces trésors, et qui tiraient son âme dans mille directions. La vue de ces merveilles mettait en perspective sa survie sur les routes en compagnie des Frères des Lamentations, et son désir de trouver un endroit paisible où déposer son baluchon. Il repensa aux exploits de Montolio. Brusquement, il eut envie de vivre de semblables aventures. Il voulait un foyer, il voulait être accepté, mais il comprit, en découvrant ce butin, qu'il désirait aussi trouver une place dans les livres des bardes. Il espérait suivre de dangereux chemins et, pourquoi pas, écrire ses propres aventures.

La caverne était faiblement éclairée d'une lueur brumeuse aux tons or et pourpre. Il y régnait une intense chaleur.

Drizzt se tourna vers les frères, leur fit un clin d'œil et pointa un doigt en direction de la gauche, l'unique issue.

Mateus hocha la tête, encore sceptique. L'elfe avait été un allié de valeur ces derniers mois, mais... un dragon restait un dragon.

Drizzt repéra sa cible entre deux énormes tas de pierres précieuses : elle n'était pas moins splendide.

Rien n'avait préparé Drizzt à un tel spectacle. Dans les Royaumes, aucune créature n'était plus impressionnante qu'un dragon rouge.

— Hephaestus ! cria-t-il en langue commune avec les accents de la sincérité. Est-ce toi, enfin ? Oh, magnifique entre tous ! Plus magnifique que tout ce qu'on peut dire, et de loin !

Le dragon baissa les yeux.

— Tu me connais ? demanda-t-il, visiblement flatté.

— Tous te connaissent, puissant Hephaestus ! s'écria Drizzt. Tu es celui que je cherchais, et je ne suis pas déçu.

— Pourquoi un elfe noir chercherait-il à voir Hephaestus, Destructeur de Cockleby, Dévoreur de Dix Mille Têtes de Bétail, Lui Qui a Ecrasé Angalander Stupide Argent, Lui Qui...

La liste d'exploits dura d'interminables minutes, pendant lesquelles Drizzt supporta stoïquement l'haleine pestilentielle en feignant d'être subjugué. Quand le dragon eut terminé, le jeune elfe dut faire un effort pour se souvenir de la question.

— Elfe noir ? demanda-t-il, dérouté. Elfe noir ?

— Toi ! tonna le dragon.

— Drow ? Non, pas moi. Bien sûr, c'est cette apparence... Je ne suis pas drow. Mais je le deviendrai bientôt si Hephaestus ne m'aide pas ! (Il espéra avoir piqué la curiosité du monstre.) Tu as entendu parler de moi, j'en suis sûr, puissant Hephaestus. J'étais, et espère redevenir, Mergandevinasander de Chult, un vieux noir de grand renom.

— Mergandevi... ?

Hephaestus connaissait le nom de tous les dragons ; il savait aussi que Mergandevinasander avait des yeux pourpre.

— Un sorcier m'a vaincu. Une bande de voleurs s'est infiltrée dans mon repaire ! J'en ai tué un cependant, un paladin ! (Ce détail parut plaire au dragon. Drizzt s'en félicita.) Son armure d'argent a fondu sous l'acide de mon souffle !

— Dommage de l'avoir gâché, coupa le monstre. Les paladins font de si délicieux repas !

Drizzt sourit pour cacher son malaise ; quel goût aurait un elfe noir ?

— Je les aurais tous eus, s'il n'y avait eu ce maudit sorcier !

— Un sort polymorphe ?

— Oui. Il m'a dépouillé de ma forme, de mes ailes, et de mon souffle. Je suis resté Mergandevinasander en pensée, quoique... (il eut un tel regard empli de misère que le dragon recula d'instinct) je me suis découvert une affinité avec les araignées... Les caresser, les embrasser...

Drizzt sut alors à quoi ressemblait un dragon rouge écœuré... Ça valait le déplacement.

— Pourquoi es-tu venu me voir ? tonna la bête.

— Je t'en supplie, puissant Hephaestus, je n'ai plus le choix. Les Drows m'ont dit que ce sortilège était trop puissant pour eux. Alors je viens à toi, ô grandissime Hephaestus. Peut-être que l'un de mes frères voudra m'aider...

— Un de tes frères ? Moi, un dragon rouge ? beugla le monstre.

— Excuse-moi, noble Hephaestus.

Il avait besoin d'une diversion, et vite. Il remarqua une grande alcôve de forme rectangulaire, aux murs couverts de brûlure. L'elfe frissonna à la pensée des marchands et des aventuriers qui avaient dû trouver là une fin atroce.

— Quel est ce cataclysme ? s'écria-t-il. Quel dieu t'a doté d'une telle puissance, Hephaestus ? Depuis les feux célestes qui ont présidé...

— Assez ! Toi qui es si savant, tu ignores la puissance du souffle d'un dragon rouge ?

— Des flammes de cette puissance ? Capables de causer de tels désastres !

— Aimerais-tu voir ?

— Oui ! Non ! (Il tomba à genoux ; il était sur le fil du rasoir, et il le savait.) En vérité, j'aimerais être témoin d'un tel prodige, mais je crains la fournaise.

— Alors contemple, Mergandevinasander de Chult ! tonna Hephaestus. Contemple ton supérieur !

La brusque inspiration de la bête propulsa Drizzt deux pas en avant, fit voler ses mèches blanches dans les yeux et faillit lui arracher son manteau des épaules.

Le cou serpentin décrivit un grand arc de cercle, amenant la grande tête rouge à hauteur de l'alcôve.

Le dragon souffla. Les poumons de l'elfe brûlèrent. Il parvint à voir que le monstre fermait les yeux pour lancer ses flammes.

Quand cela cessa, le Drow n'eut pas à simuler son

épouvante : la roche fondue coulait à flots...

— Par les dieux ! Par les dieux... Mergandevisanander de Chult, qui se croyait suprême, est mortifié.

— Et il a bien raison ! tonna Hephaestus. Aucun noir n'est l'égal d'un rouge ! Mais je vais avoir pitié de toi : je te laisse partir en paix. C'est déjà plus que ce que tu mériterais pour avoir perturbé mon repos.

C'était l'instant critique ; Drizzt n'eût rien aimé tant que fuir. Mais ses principes, et le souvenir de Mooshie, le retinrent.

— Dévore-moi en ce cas, dit-il. Moi qui ai connu la gloire d'être un dragon, je ne peux supporter davantage cette existence. (Les énormes mâchoires se rapprochèrent.) Hélas, hélas, notre race se meurt à petit feu alors que les humains croissent et se multiplient comme la vermine. Hélas pour les trésors des dragons, volés par des sorciers et des paladins ! (Hephaestus s'immobilisa.) Et hélas pour Mergandevisanander, foudroyé par un sorcier dont le pouvoir éclipse jusqu'à Hephaestus, le plus puissant d'entre les dragons !

— *Eclipse* !

Le coup de tonnerre roula dans l'excavation.

— Que dois-je donc croire ? hurla Drizzt à tue-tête, un couinement de souris comparé au volume sonore du dragon. Hephaestus refuserait-il de venir en aide à un frère diminué ? Non, non, c'est impossible ! Tous, d'un bout à l'autre des Royaumes, diront que Hephaestus n'a pas osé combattre l'enchantement du sorcier de peur de révéler sa faiblesse !

Le dragon était désorienté. Hephaestus aimait sa vie paisible. Il adorait regarder son or et bayer aux corneilles. Il n'avait nul besoin que d'héroïques aventuriers viennent fouiner dans son antre ! Drizzt comptait sur ce sentiment.

— Demain ! beugla le dragon. Ce jour, je contemple le sortilège et demain Mergandevinasander redevient un dragon noir ! Et il repartira la queue en flammes, s'il ose prononcer un seul blasphème supplémentaire ! Je dois me reposer ; reste où tu es, dragon noir à forme d'elfe noir. J'ai ton odeur dans le nez et un rien me réveille.

Drizzt n'en doutait pas, mais comment rester immobile un jour entier ? Que ferait-il, se demanda-t-il, sentant la panique le gagner, *si Hephaestus le changeait en dragon noir* ?

— Par bonheur, le souffle d'un dragon noir a quelques avantages, murmura l'elfe.

La tête monstrueuse se retourna en un éclair.

— Aimerais-tu sentir mon souffle sur toi ?

— Non, pas ça ! Ne t'offusque pas, ô puissant Hephaestus. Le spectacle de tes prodiges m'a volé ma fierté. Mais il ne faut pas sous-estimer le souffle d'un dragon noir !

— Comment cela ?

— L'acide, ô Hephaestus l'Incroyable, Dévoreur de Dix Mille Têtes de Bétail. Le souffle d'un rouge jaillit comme la destruction, mais celui d'un noir corrode les armures et dure plus longtemps !

— Combien de temps dure ton pitoyable souffle, misérable noir ? gronda Hephaestus. Dis-le, que je double la mise !

Au moment où le monstre inspirait, le Drow pris dans la tourmente réussit à crier :

— Par les feux des Neuf Enfers !

Les frères entendirent le signal convenu et se précipitèrent vers l'unique sortie. Même dans leur terreur, ils se baissèrent pour ramasser quelques babioles.

Jamais il n'y avait eu semblable souffle de dragon. Les yeux clos, Hephaestus lançait jet de flammes après jet de flammes, déterminé à humilier l'agaçant visiteur une bonne fois pour toutes !

Il ouvrit brièvement un œil pour s'assurer de l'effet de sa démonstration ; connaissant son antre comme sa poche, l'éclair de cinq minuscules silhouettes qui traversaient à toutes jambes ses montagnes d'or et de joyaux ne manqua pas de se refléter dans sa rétine.

— Des voleurs ! beugla-t-il.

N'ayant nulle autre option, l'elfe bondit sur l'immense tête qui se retournait, folle de rage, contre lui, et s'y agrippa de toutes ses forces.

Quand le dragon cessa de secouer le cou pour se débarrasser - en vain - de l'impudent insecte, il percuta la voûte de plein fouet pour l'écraser. Mais l'elfe avait déjà sauté dans le vide. La chance, une fois encore, lui sauva la vie quand un gros morceau de roche chuta sur la tête du monstre, l'empêchant de cracher le feu.

Fou furieux, le grand dragon lança son souffle enflammé sur ses piles de pièces d'or. Drizzt bondit désespéremment. Il chercha refuge derrière un autre tas et supplia Guenhwyvar de venir à son aide.

— Je te sens, voleur, ronronna le dragon, ivre de rage. Je vais faire une bouchée de toi, métamorphe ! gronda-t-il en voyant arriver sur lui une panthère noire.

Mais les immenses mâchoires se refermèrent sur la brume qu'était redevenue l'entité magique. Drizzt réussit à empocher quelques joyaux avant de prendre ses jambes à son cou, assourdi par le fracas du dragon.

La stupide bête eut trop peur de laisser ses trésors pour oser le poursuivre. Après quelques instants de réflexion, elle se promit de dévorer systématique-

213

ment les prochaines délégations de marchands. Fier de cette résolution, qu'elle oublierait dans son sommeil, elle entreprit de remettre de l'ordre dans ses pierres précieuses et son or.

CHAPITRE XXII

EN ROUTE POUR LA TERRE PROMISE

Une fois hors de danger, les frères étreignirent impulsivement leur sauveur.

— Que pouvons-nous faire pour te remercier... ?

En réponse, Drizzt vida ses poches, et cinq paires d'yeux s'écarquillèrent à la vue des objets en or fin qui brillaient à la lumière du jour. Un rubis de deux pouces promettait un luxe supérieur à tout ce que les frères imaginaient.

— Pour vous, expliqua l'elfe. Moi, je n'en ai pas besoin.

Les mendiants prirent l'air penaud, n'osant avouer leurs propres larcins.

— Peut-être devrais-tu les garder, proposa Mateus, si tu as toujours l'intention de nous quitter.

— C'est le cas, confirma-t-il d'une voix assurée.

— Où iras-tu ? demanda Mateus.

Il n'avait pas réfléchi à la question. Ce qu'il savait, c'était que sa place n'était pas parmi eux. Il réfléchit, se souvenant de toutes les impasses de sa vie. Une idée jaillit.

— Tu l'as dit ! lança-t-il à Jankin. Tu as nommé l'endroit il y a une semaine... Les Dix-Cités. La terre promise des solitaires.

— Dix-Cités ? s'exclama Mateus. Tu devrais y réfléchir à deux fois, l'ami ! Le Val Bise n'est guère accueillant, pas plus que les tueurs qui y élisent domicile.

— Le vent n'en finit pas de gémir, ajouta Jankin, une lueur de nostalgie dans ses yeux ternes. Il soulève les sables, qui vous fouettent, et le froid vous tue. Je viens avec toi !

— Nous irons rendre visite aux fermiers cette nuit, dit Mateus. Nous t'achèterons un cheval, et les vivres nécessaires. Je ne désire pas ton départ, mais Dix-Cités paraît le meilleur choix... pour un Drow. Beaucoup y ont trouvé une certaine paix. En vérité, c'est le foyer de ceux qui n'en ont pas.

Drizzt fut sensible à la sincérité du frère et à sa délicatesse.

— Où est-ce ? demanda-t-il.

— Il faut suivre les montagnes, toujours sur ta droite. Une fois que tu les as dépassées, tu es au Val Bise. Un unique pic domine les terres du plat pays au nord de l'Epine Dorsale du Monde. Les villes ont été bâties autour. Puisses-tu y trouver la paix de l'âme.

*
* *

Le jour suivant, quand les frères lui apportèrent un beau manteau de fourrure et un cheval, il admira pour la première fois la force brute de la bête, le jeu des muscles à fleur de peau, et la hauteur de son encolure. Il fixa l'animal dans les yeux ; à la surprise de tous, lui y compris, le cheval se baissa pour lui permettre de grimper en selle.

— Tu as la cote avec les chevaux, admira Mateus. Tu n'as jamais dit que tu étais un cavalier émérite.

Drizzt se contenta de hocher la tête, et se concentra pour rester en selle quand sa monture partit au petit trot. Il lui fallut du temps pour comprendre comment la manœuvrer, et revenir dans la bonne direction.

Les frères lui sourirent ; il s'éloigna au galop.

*
* *

— Les Frères des Lamentations, murmura Roddy McGristle, en observant la bande depuis un éboulis rocheux, la semaine suivante.

— Quoi ? s'écria Tephanis, les yeux comme des soucoupes. C'est-impossible ! Le-dragon...

Il venait de se trahir.

Roddy, lui aussi, connaissait le tunnel.

— Tu as pris sur toi de tuer le Drow, dit-il d'un ton calme.

— Je-t'en-prie, mon-maître. Je-ne-voulais-pas... J'ai-craint-pour-ta-vie. Ce-Drow-est-un-démon !

— Oublions cela ! Ce qui est fait est fait. Rentre dans ton sac. S'il n'est pas mort, on peut peut-être rattraper ça... (Soulagé, le lutin s'exécuta. Roddy prit le sac et le cogna contre la paroi. Tephanis hurla.) Espèce de... !

Le farfadet parvint à déchirer le sac avec sa petite dague. Puis il cessa de se débattre. Le tissu se gorgea de sang.

Roddy grommela une dernière malédiction avant de lancer les restes du *diligent* au loin, et de repartir avec son chien.

*
* *

Le Val Bise était ainsi nommé en raison des vents glacés de l'est qui le balayaient inlassablement. L'elfe acceptait la plainte mugissante et le froid mordant comme autant de preuves d'une liberté sans bornes.

Le jour suivant, il vit apparaître le cairn de Kelvin, la montagne solitaire au nord de la toundra. Il s'y dirigea, le cœur battant. Approchant des Dix-Cités qui donnaient son nom à l'endroit, il croisa de nombreux convois. Trois lacs dominaient la région ; la ville principale, Bryn Shander, se dressait sur un petit monticule.

Quand il se présenta devant l'entrée principale, les gardes, yeux écarquillés de stupeur, ne surent que faire.

On alla chercher le Porte-parole Cassius, tandis que Drizzt patientait, dans une posture aussi pacifique que possible, les mains bien écartées. C'était la première fois qu'on ne fuyait pas de terreur devant lui, ou qu'on ne le chassait pas.

Un garde revint, accompagné d'un homme mince et élégant, visiblement de haute naissance, aux grands yeux bleus vifs et attentifs. Il étudia longuement Drizzt avant de se présenter :

— Je suis Cassius, Porte-parole de Bryn Shander et du Conseil des Dix-Cités.

— Je suis Drizzt Do'Urden, fit-il avec un hochement de tête, de Mirabar et d'ailleurs, à présent venu aux Dix-Cités.

— Pourquoi ?

Drizzt haussa les épaules.

— Faut-il une raison particulière ?

— Pour un elfe noir, peut-être, répondit honnêtement Cassius.

— Je n'ai pas d'autre raison de venir que mon désir d'être là. Longue a été ma route, Porte-parole Cassius. Je suis las et ai besoin de repos. Dix-Cités est la patrie des solitaires, m'a-t-on dit. Ne doute pas qu'un elfe noir soit seul parmi les habitants de la surface.

Cela paraissait logique, et le nouveau venu semblait sincère. Cassius réfléchit, le menton dans la paume. Il était hors de question d'admettre un Drow en ville ; son apparition provoquerait des émeutes.

— Bryn Shander n'est pas l'endroit, déclara-t-il. Va à Lonelywood, dit-il en désignant le nord, dans la forêt de Maer Dualdon. (Il se tourna vers le sud-ouest.) Ou au Trou de Dougan, près du lac sud. Ce sont des villes plus petites, où ta présence causera moins de fièvre et de troubles.

— Et quand ils m'interdiront l'entrée ? Où irai-je ? Dans les landes fouettées par les vents pour y mourir ?

— Tu ne sais pas...

— Je sais. Je joue à ce jeu depuis longtemps. Qui accueillera un Drow, même s'il a renié son peuple et s'il ne désire que la paix ?

Drizzt parlait d'une voix ferme, et Cassius y perçut à nouveau de la sincérité. Il sympathisait réellement. Le Val Bise était le dernier espoir des solitaires. Il eut soudain une idée, qui le libérerait de ce cas de conscience.

— Depuis combien de temps vis-tu à la surface ?

— Sept ans.

— Dans le nord ?

— Oui.

— Pourtant aucun village, aucune ville n'a voulu de toi. Tu as survécu à des hivers hostiles, et sans aucun doute, à de nombreux ennemis. Es-tu habile avec les lames que tu portes à la ceinture ?

— Je suis un ranger.

— Plutôt curieux pour un elfe noir.

— Je suis un ranger, répéta Drizzt avec plus de force. Je sais tout de la nature et des armes.

219

— Je n'en doute pas, réfléchit Cassius. Il existe un endroit fait pour toi. Dix-Cités aurait tout à gagner d'avoir un éclaireur posté dans la toundra, au nord, vers le cairn de Kelvin. Le danger semble toujours venir de cette direction.

— Je suis venu trouver un abri. Tu m'offres un trou dans un tas de rocailles, et un devoir envers des gens auxquels je ne dois rien.

— Voudrais-tu que je te mente ? Je ne laisserai pas entrer un elfe errant.

— Un homme doit-il sans cesse prouver sa valeur ?

— Un *homme* n'a pas aussi sinistre réputation. Si j'étais magnanime, si je t'ouvrais les portes sur ta bonne foi, trouverais-tu ce que tu cherches ? Nous savons, toi et moi, à quoi nous en tenir. Tout le monde, ici, n'a pas le cœur sur la main. Tu provoquerais émeute sur émeute, où que tu ailles ; quelles que soient tes attitudes ou tes intentions, tu serais forcé de te battre. Le même scénario se répétera dans les autres cités. Je t'offre un trou dans un tas de rocailles, dans la région de Dix-Cités, où tes actions, bonnes ou mauvaises, deviendront ta réputation au-delà de la couleur de ta peau. Mon offre te parait-elle toujours aussi futile ?

— J'aurais besoin de vivres, dit Drizzt. Et que ferais-je de mon cheval ?

— Echange ta monture contre les vivres et fournitures dont tu auras besoin, proposa Cassius. Un garde va s'en charger.

Drizzt lui tendit les rênes.

Le Porte-parole s'éloigna, content de lui : il venait d'éviter que l'affaire s'envenime. De plus, il avait convaincu Drizzt de garder leurs frontières, à un endroit où Bruenor Battlehammer et son clan de nains à face-de-suie l'empêcheraient de causer du tort.

CHAPITRE XXIII

CATTI-BRIE

La fillette, Catti-Brie, regardait tomber les premières neiges depuis l'entrée de sa caverne. L'éclat de ses yeux d'un bleu profond était encore avivé par la blancheur environnante.

— Un hiver tardif, mais rigoureux, grommela Bruenor Battlehammer, un nain à barbe rousse venu se poster derrière sa fille adoptive. Sûr que ce sera une dure saison, comme elles le sont toutes dans ce trou à dragons blancs !

— Oh, papa ! réprimanda-t-elle. Cesse de geindre ! C'est une belle chute de neige, et sans danger puisqu'il ne fait pas grand vent.

— Ah, ces humains ! grogna-t-il.

Catti-Brie n'avait pas besoin de voir l'air tendre de son père ; Bruenor était un rouspéteur au coeur tendre, elle le savait.

Elle fit volte-face, ses boucles châtain voletant sur sa face.

— Puis-je aller jouer dehors ? Oh, je t'en prie, papa !

Bruenor se rembrunit et cria à la folie. Mais il ne

put résister longtemps au charme de sa fille. Elle n'ignorait pas les dangers de la région. Elle vivait dans le clan depuis plus de sept ans. Une bande de gobelins avait tué ses parents quand elle n'était qu'un bébé ; bien qu'elle fût humaine, Bruenor l'avait adoptée.

— Tu es une dure à cuire, ma fille, capitula-t-il devant sa mine de chien battu. Va jouer dehors, mais ne t'éloigne pas ! Promets de garder les grottes en vue, et emporte une épée et une corne.

Catti-Brie se jeta à son cou, lui planta un baiser sur la joue et sortit. Le taciturne chef de clan se rendit compte qu'il venait encore de céder.

— Ah, ces humains ! grommela-t-il de nouveau, avant d'aller battre quelques pièces de fer, histoire de se rappeler qu'il était, lui aussi, un dur à cuire.

*
* *

Elle n'avait pas désobéi, se dit la fillette, puisque depuis son magnifique point de vue, sur les pentes du cairn de Kelvin, à plus de six kilomètres de là, elle voyait toujours les grottes paternelles.

Un grognement sourd la fit s'interroger sur la sagesse de son raisonnement. Elle vit apparaître une énorme panthère noire.

— Guenhwyvar ! cria une voix. Va-t'en de là !

Malgré sa peur, la jeune fille admira l'élégance et la puissance du félin qui remontait les pentes enneigées. Quand elle s'arracha à sa fascination, ce fut pour découvrir un elfe noir en face d'elle. Paralysée, elle ne songea même pas à tirer son épée...

Drizzt était aussi saisi qu'elle.

Elle était à peu près du même âge que le garçonnet blond paille de la ferme...

Il sourit mais elle fit volte-face et s'enfuit à toutes

jambes...

*
* *

— Je vais à Bryn Shander, annonça Bruenor un matin, deux mois plus tard.

C'était l'occasion de repartir jouer seule, et d'enquêter sur le Drow, sans « perdre de vue les grottes », selon les recommandations de son père.

Une fois encore, ce fut Guenhwyvar qui rencontra le premier la fillette aux boucles châtain.

Catti-Brie aperçut la panthère sur un rocher en surplomb et l'appela doucement. Elle n'avait pas oublié son nom. La bête approcha, intriguée.

— Où est l'elfe noir, Guenhwyvar ? Peux-tu me mener jusqu'à lui ?

— Et pourquoi voudrais-tu le voir ? dit quelqu'un derrière elle.

Tétanisée par la voix mélodieuse, qu'elle n'avait pas oubliée non plus, elle se retourna et croisa le regard lavande fixé sur elle.

Elle ne sut que dire. Drizzt garda aussi le silence.

— Es-tu un Drow ? demanda-t-elle quand cela devint insupportable.

Elle se maudit d'avoir posé une question aussi stupide.

— Je le suis. Qu'est-ce que cela signifie pour toi ?

Elle haussa les épaules.

— J'ai entendu dire que les Drows étaient mauvais, mais tu ne sembles pas mauvais.

— Tu as pris un gros risque en venant toute seule. Mais n'aie pas peur, je ne suis pas mauvais et je ne te ferai pas de mal.

Après des mois de solitude dans sa grotte, confortable mais vide, l'elfe ne tenait pas à ce que cette rencontre tourne court.

— Mon nom est Catti-Brie. Mon papa est Bruenor, roi du clan Battlehammer.

Intrigué, Drizzt inclina la tête.

— Les nains, expliqua-t-elle, désignant la vallée derrière eux. Ce n'est pas mon vrai père. Bruenor m'a recueillie quand mes parents ont été...

Elle ne put finir sa phrase ; Drizzt comprit sans mal.

— Je suis Drizzt Do'Urden. Salut, Catti-Brie, fille de Bruenor. Il est bon de trouver quelqu'un à qui parler après ce long hiver. Guenhwyvar, lui, n'est guère loquace !

Le sourire de Catti-Brie se fit éclatant. Comprenant son désir muet, il appela la panthère pour qu'elle puisse la caresser.

— Viens, proposa-t-il. Trouvons un endroit plus confortable pour bavarder. L'éclat de la neige blesse mes yeux.

— Tu es habitué aux tunnels noirs ? demanda-t-elle, pressée d'entendre parler de mondes inconnus.

Drizzt et la fillette passèrent une merveilleuse journée. L'elfe était des plus intéressés par ses nouveaux voisins, les nains. Heureux d'avoir pu établir un contact à la fois agréable et utile, il appréciait la compagnie de la jeune fille. Son énergie et sa joie de vivre étaient revigorantes. Auprès d'elle, l'elfe meurtri oubliait ses tourments.

Quand le soleil commença sa descente, le Drow la raccompagna une partie du chemin, avec des promesses de se revoir.

De retour de Bryn Shander, son père l'attendait, la mine sombre. Il n'était guère heureux d'avoir appris de la bouche de Cassius l'arrivée d'un elfe noir dans les parages.

— Sur ta parole, fille ! exigea-t-il. Tu ne remettras pas le pied dans cette montagne sans ma permission ! Il y a un elfe noir là-haut, selon Cassius. Sur ta parole !

Impuissante, elle hocha la tête, sachant qu'il serait difficile de le faire changer d'avis, mais certaine qu'en ce qui concernait Drizzt Do'Urden, son père se trompait.

*
* *

Cattie-Brie trouva vite une solution. Sans remettre un pied sur le cairn de Kelvin, pour tenir sa promesse, mais depuis la vallée environnante, elle appela Drizzt et Guenhwyvar, qui ne tardèrent pas à la rejoindre. Les nouveaux amis partagèrent d'autres aventures et se régalèrent du pique-nique qu'elle avait préparé.

A son retour, Bruenor lui redemanda de tenir parole. Il soupçonnait quelque chose.

CHAPITRE XXIV

RÉVÉLATIONS

Bruenor inspectait les premières pentes du cairn de Kelvin. Une hache dans une main, un bouclier frappé aux armes du clan dans l'autre - une chopine fumante -, il pestait contre les poches de neige et de givre, qui rendaient la piste difficilement praticable.

Il repéra une grotte protégée des vents et décida de se reposer.

Il n'était pas le seul à avoir repéré l'aubaine. Une énorme tête insectoïde jaillit près de lui, le faisant tomber à la renverse, effrayé. Il reconnut un *remorhaz*, un ver de terre polaire.

Le corps reptilien de douze mètres de long se déroulait comme un ruban bleu glacé. Des ailettes maintenaient la partie supérieure du torse en position verticale, prête à frapper, tandis que le reste du corps était propulsé par de multiples petites pattes.

La créature se mit à luire, d'un brun terne d'abord, puis rouge brique.

Le nain brandit sa hache.

Le *remorhaz* fonça, ses formidables mâchoires

prêtes à enfourner sa proie.

Bruenor s'écarta, et abattit sa hache sur le front de la bête. A peine blessée, elle se prépara à frapper de nouveau. Mais Bruenor la battit de vitesse ; sa dague alla s'enfoncer sous la première paire de pattes. Avant que le monstre furieux ait le temps de réagir, le nain agile s'était déjà glissé sous son ventre, le point le plus vulnérable.

Il se dégagea quand le *remorhaz* enragé roula sur lui-même pour tenter de l'écraser. La hache s'abattit de nouveau sur le ventre vulnérable. La bête se replia sur elle-même ; projeté à terre, le nain ne fut pas assez vif pour éviter une brûlure à la cuisse.

Quand ils se retrouvèrent face à face, bien plus circonspects et méfiants, le *remorhaz* l'attrapa avec une de ses longues cornes, et, profitant des jambes mal assurées du nain, le jeta à plusieurs mètres de là.

*
* *

Guenhwyvar informa l'elfe du combat en cours. Drizzt n'avait jamais vu de ver de terre polaire, mais il comprit immédiatement que le nain était en difficulté. Son arc et ses flèches étaient restés dans la grotte. Pestant, il descendit au plus vite les pentes encore enneigées, cimeterres en main.

*
* *

Le nain cria et le monstre chargea. Mais un hurlement, derrière lui, le fit hésiter. Exultant, le nain lui assena un nouveau coup à la mâchoire inférieure, puis un autre et encore un autre, tandis que la bête couinait de douleur. Il l'attrapa par une corne alors qu'elle tentait de se dégager ; cette fois, la hache atteignit le crâne.

Le *remorhaz* s'immobilisa.

Bruenor releva la tête pour voir accourir vers lui une panthère noire et un Drow.

— Venez-y donc ! hurla-t-il, réajustant son casque. Venez vous frotter à ma lame !

Drizzt s'arrêta net et ordonna à Guenhwyvar de repartir. L'animal obéit en feulant une dernière fois.

— Ce sera toi et moi alors, hein ! siffla le nain. Tu as assez de tripes pour venir te frotter à moi ? Ou préfères-tu les petites filles ?

L'elfe sentit que la rage le gagnait. Mais il ne pouvait trahir Mailikki et Mooshie. Il sublima sa fureur et encaissa stoïquement les insultes.

Il remit ses lames au fourreau et tourna les talons.

Une fois l'excitation tombée, le nain s'interrogea sur le curieux personnage.

Un elfe noir, voler à son secours ?

Difficile à avaler.

De retour dans son repaire, il parla de sa rencontre à ses compagnons.

— Je l'ai vu ! Un Drow, avec la plus grande et la plus noire des panthères ! Il est arrivé au moment où j'en finissais avec le ver polaire.

— Drizzt ! s'exclama Catti-Brie.

— Drizzt ? répéta son père.

Mais il ne pressa pas sa fille de questions.

— On pourrait le traquer, proposa un des nains. Le chasser de la montagne !

Bruenor leva une main.

— Cassius lui a permis de s'installer là ; nous n'avons pas besoin de problèmes avec Bryn Shander. Tant que le Drow reste à l'écart, laissons-le en paix. Mais, continua-t-il en fixant sa fille, pas question que tu t'approches encore de lui ! Et je veux ta parole, sinon j'aurai sa tête !

Catti-Brie hésita, piégée.

— Ta parole !

— Tu as ma parole, marmonna-t-elle, avant de s'enfuir.

*
* *

— Cassius, Porte-Parole de Bryn Shander m'a envoyé ici, expliqua le trappeur. Il a dit que vous sauriez mieux que personne où pouvait être ce Drow.

Des nombreux nains, assemblés autour de leur roi, dans la salle d'audience, aucun ne paraissait impressionné par l'étranger.

— Si quelqu'un l'a vu, annonça le roi entre deux bâillements, il n'en a pas parlé. Si ton Drow est dans les parages, il n'a gêné personne.

Lentement, avec des gestes dramatiques, le chasseur de primes ôta son foulard et son capuchon, révélant ses cicatrices.

— Il ne gêne jamais personne celui-là, jusqu'à ce qu'il vous en donne plus que ce que vous attendiez !

— C'est un Drow qui t'a fait ça ? demanda Bruenor, impassible. Drôles de cicatrices...

— Il a tué mon chien !

— Il me paraît pourtant vivant, dit le roi, soulevant des rires dans toute la salle.

— Mon autre chien ! s'exaspéra le chasseur. Tu te moques de moi, et tu as tort. Mais si je traque le Drow, ce n'est pas pour une prime. Jamais entendu parler de Maldobar ? (Bruenor haussa les épaules.) Au nord de Sundabar. Un petit endroit paisible. Une famille y vivait à l'écart. Neuf personnes... Toutes mortes dans leur maison ! Taillées en pièces par votre Drow, dévorées par sa panthère !

Catti-Brie voulut crier, mais elle n'émit, heureusement, qu'un gargouillis. Bruenor posa la main sur son épaule, heureux qu'elle n'ait pas renseigné l'homme des montagnes.

— Tu viens nous voir avec de sombres histoires. Tu as fait peur à ma fille, et je n'aime pas ça !

— Je te demande pardon, noble nain. Mais il faut que tu saches quel danger te guette. Ce Drow est mauvais ! Je ne voudrais pas que la tragédie de Maldobar se répète.

— Ne crains rien, l'assura Bruenor. Nous ne sommes pas de simples fermiers. Le Drow ne peut rien contre nous.

Roddy n'était pas surpris que le nain refuse de l'aider. Mais il savait que le roi et sa fille ne lui disaient pas tout. En vérité, Bruenor n'aurait pas rechigné à prêter main-forte à l'humain contre le Drow, afin d'être débarrassé des deux, mais il ne pouvait ignorer la détresse de sa fille.

Roddy essaya en vain de cacher sa colère.

— Où irais-tu si tu étais en fuite, roi Bruenor ? Tu connais la montagne mieux que personne, d'après Cassius. Où devrais-je chercher ?

Bruenor découvrit qu'il lui plaisait de mécontenter cet humain désagréable.

— La vallée est grande, répondit-il, laconique. La montagne aussi. Beaucoup de cachettes...

Roddy tomba le masque.

— Tu aiderais ce meurtrier ? hurla-t-il. Tu te dis roi, mais...

Bruenor bondit de son trône de pierre ; Roddy recula prudemment, main sur sa hache.

— J'ai la parole d'un renégat contre un autre ! gronda le nain. Pour moi, l'un est aussi bon - ou *mauvais* - que l'autre !

La bête malodorante qui accompagnait l'humain, gronda en dévoilant ses canines. Bruenor jeta un regard intrigué au corniaud. L'heure du dîner était proche et les disputes le mettaient toujours en appétit. Ce chien jaune lui remplirait-il la panse ?

— N'as-tu rien d'autre à m'offrir ? gronda le chasseur.

— Je t'offrirais bien ma botte ! rétorqua le roi. (Plusieurs gardes armés vinrent se poster près de l'humain.) Je t'offrirais peut-être le dîner, mais tu pues vraiment trop, et tu ne me sembles pas le genre à aller prendre un bain.

Roddy tira sur la laisse du corniaud et sortit. Quatre gardes, sur un signe de leur roi, s'assurèrent qu'il partirait sans faire de dégât ou d'histoires.

Bruenor voulut secouer sa fille une bonne fois pour toutes :

— Alors maintenant, tu sais ! Ce Drow est un meurtrier. Feras-tu enfin cas de mes avertissement, fille ?

Catti-Brie eut une moue amère. Drizzt ne lui avait pas fait de confidences sur sa vie, mais elle ne parvenait pas à le croire coupable. Elle ne pouvait pas non plus mettre en doute la sagesse de son père.

Des larmes lui montèrent aux yeux. A cet instant, Catti-Brie fit la seule chose qu'une enfant de onze ans pouvait face à une telle situation - elle se détourna de Bruenor et s'enfuit.

*
* *

Sans en avoir vraiment conscience, elle courut sur les pentes du cairn de Kelvin. Elle comprit qu'elle venait de se parjurer quand l'elfe noir se dressa devant elle.

— Tu n'as jamais parlé des Poil-de-Chardon de Maldobar, lui lança-t-elle d'un ton glacial.

Prenant son air sombre pour un aveu, elle voulut

fuir. Il la rattrapa par l'épaule et la serra contre lui. Si la fillette qui l'avait accepté de tout cœur croyait à son tour aux mensonges, il serait perdu !

— Je n'ai tué personne, chuchota-t-il, si ce n'est les monstres qui ont massacré les Poil-de-Chardon. Je te le jure !

Il lui confia tous les détails de l'histoire, contant même sa fuite devant le groupe de Colombe Fauconnier.

— Ce sont deux histoires différentes, dit-elle. Celle de McGristle et la tienne, je veux dire.

— McGristle ?

— Il est venu aujourd'hui. Un grand homme avec un chien jaune. Il te pourchasse.

Drizzt se sentit submergé. Echapperait-il un jour à son passé ?

— McGristle a dit que tu les as tués.

— Alors c'est sa parole contre la mienne...

Le silence parut durer des heures.

— J'ai jamais aimé cette brute, renifla Catti-Brie.

Drizzt fut heureux de voir leur amitié confirmée. Mais McGristle n'aurait aucune peine à monter les nains contre lui. Devait-il fuir de nouveau, accepter que les routes soient son seul foyer ?

— Que vas-tu faire ? demanda-t-elle.

— Ne crains rien, la rassura-t-il en l'étreignant peut-être pour la dernière fois. Il se fait tard. Tu devrais rentrer.

— Il te trouvera...

— Non. Pas tout de suite en tout cas. Sauve-toi maintenant ; la nuit arrive et je doute que ton père serait heureux de te savoir ici.

Elle repartit d'un pas plus léger, heureuse d'avoir averti son ami.

La nuit allait être redoutable pour Drizzt Do'Urden. Il devrait affronter le danger sans autres alliés que Guenhwyvar et ses cimeterres.

Il invoqua son ami et se mit en devoir de rassembler ses maigres possessions, l'âme désespérément lasse.

CHAPITRE XXV

FUREUR DE NAIN

Catti-Brie n'eut pas le temps de réagir quand l'homme trapu bondit de derrière un éboulis, triomphant. Elle le frappa au menton.

— Laisse-moi tranquille !

Roddy fut surpris de ne déceler aucune trace de peur dans sa voix. Il la secoua rudement quand elle tenta de le frapper à nouveau.

— Je savais que tu savais ! Tu es là pour quelque chose ! Tu es amie avec ce Drow, je l'ai lu dans tes yeux !

— Tu ne sais rien du tout ! Tu ne racontes que des menteries ! cracha-t-elle.

— Alors il t'a conté l'histoire des Poil-de-Chardon, c'est ça ?

Catti-Brie comprit qu'elle avait parlé trop vite, confirmant ainsi les soupçons du misérable.

Roddy s'adoucit soudain ; elle aima encore moins la lueur qui apparut dans ses yeux.

— Tu es une fille pleine de fougue, hein ? ronronna-t-il, agrippant l'autre épaule de la fillette. Pleine de vie, hein ? On va aller le voir ensemble, n'en doute pas. Mais il y a des choses plus intéressantes à faire d'abord, qui t'apprendront à ne pas contrarier les types comme Roddy McGristle.

Catti-Brie eut besoin de toute sa force d'âme pour faire face. Elle n'était qu'une fillette, mais elle avait été élevée par les nains de Battlehammer, un clan fier et rude. Bruenor était un guerrier... comme sa fille ! Elle percuta l'aine du chasseur d'un coup de genou, et du bras ainsi libéré, lui laboura le visage. Elle parvint presque à se dégager en lui flanquant un second coup de genou. Mais une poigne d'acier s'abattit sur son bras. Elle se débattit jusqu'au moment où Roddy la lâcha, soudain intéressé par autre chose.

Une silhouette sombre était apparue.

— Tu es enfin venu affronter ton destin ! exulta Roddy.

— Va-t'en, ordonna Drizzt à Catti-Brie. Ne te mêle pas de ça.

Eprouvée et terriblement effrayée, elle ne discuta pas.

Les mains noueuses du trappeur serrèrent plus fort le manche de sa hache. Il lança le chien à l'attaque de l'elfe. La bête fit quelques mètres avant d'être arrêtée par la panthère.

— Ça suffit ! dit Drizzt. Tu me pourchasses depuis des années. Je salue ta persévérance, mais ta colère est mal placée. Je n'ai pas tué les Poil-de-Chardon ; je n'aurais pas levé le bras contre eux.

— Au diable les Poil-de-Chardon ! Tu t'imagines qu'il ne s'agit que de ça ?

— Ma tête ne te rapportera aucune prime.

— Au diable ton or ! hurla Roddy. Tu m'as pris mes chiens, et mon oreille !

Drizzt aurait voulu lui rappeler que tout était arrivé par sa faute, et que c'était *sa* hache qui avait fait tomber l'arbre sur lui. Mais il savait que les mots n'apaiseraient pas le fou furieux. Il avait *blessé* sa fierté ; le pire outrage pour un homme comme Roddy.

— Je ne veux pas me battre, trappeur. Reprends ta route, en me donnant ta parole de ne plus me traquer.

— Je te poursuivrai jusqu'aux confins de l'Univers ! Je te retrouverai où que tu ailles ! Je t'aurai, maintenant ou plus tard !

Il avança, hache brandie. Le Drow évita sans peine ses coups. Drizzt savait qu'il jouait avec le feu en refusant de répondre au fer par le fer ; mais il espérait parvenir à une solution pacifique. Pour cela, il fallait épuiser le forcené.

Roddy était leste pour un homme de sa corpulence, mais Drizzt l'était bien plus. Le jeu pouvait durer un bon moment.

L'elfe effectua un roulé-boulé et se propulsa au-dessus de l'humain à l'instant où il chargeait. Le chasseur de prime lança son poignard.

Drizzt vit l'éclair de la lame à la dernière seconde, et parvint à la dévier d'un revers de cimeterre.

Un sourire fou aux lèvres, Roddy repartit à l'assaut. L'elfe commença à s'inquiéter de son incroyable résistance. Décidant que cela avait assez duré, Drizzt passa aux choses sérieuses. Bientôt, McGristle se trouva acculé à un rocher, une lame sous la gorge.

— Je t'avais dit de passer ton chemin, gronda Drizzt.

— Tue-moi ! Enfin, si tu as assez de tripes pour ça !

Drizzt hésita un instant.

— Va-t'en.

Roddy lui rit au nez.

— Tue-moi, sale démon ! beugla-t-il. Tue-moi ou

c'est moi qui le ferai ! Je te poursuivrai jusqu'au fin fond de l'Univers !

Drizzt blêmit et chercha du regard le soutien de Guenhwyvar.

— Tue-moi ! Tue-moi comme tu as tué mes chiens !

Pour sa déesse, pour Montolio, Drizzt devait respecter une vie humaine, fût-ce celle d'une épave comme Roddy McGristle. Le seul crime du trappeur était de l'avoir pourchassé. Ça ne justifiait pas un meurtre.

— Tue-moi !
— Non !

McGristle essaya de se dégager. Drizzt comprit qu'il faudrait l'assommer pour s'en débarrasser.

Il frappa du pommeau de son cimeterre.

Le chasseur vacilla. Il grognait comme un ours, les yeux fous.

L'elfe frappa une deuxième fois.

Roddy s'écroula, sonné.

Drizzt s'agenouilla près de lui pour s'assurer qu'il n'était pas mort.

Non, il respirait encore.

L'elfe noir avait vaincu le chasseur...

*
* *

Roddy revint à lui sous le regard de son chien. La nuit était tombée, le vent avait repris ses plaintes. Il ignora la douleur, déterminé à reprendre la chasse contre un Drow assez stupide pour ne pas le tuer. L'homme et la bête repartirent vers le sud.

Au détour du chemin les attendaient un nain à barbe rousse et sa fille.

— Tu ne touches pas ma fille, McGristle, dit Bruenor. Tu ne *touches* pas ma fille.

— Elle est de mèche avec le Drow ! Elle a averti ce damné tueur de ma venue !

— Drizzt n'est pas un meurtrier ! cria Catti-Brie. Il n'a pas tué les fermiers ! Il dit que tu prétends ça pour que d'autres t'aident à le traquer !

Elle venait de se trahir. Son père ne savait pas qu'elle avait revu le Drow.

— Tu es allée le voir, constata Bruenor, amer. Tu m'as menti... Tu m'as dit que tu ne le ferais pas...

Sa peine toucha la fillette, mais elle assuma ses responsabilités. Bruenor lui avait inculqué la droiture et l'honnêteté.

— Tu m'as dit que chaque être était différent, et devait être jugé pour ses actes. J'ai connu Drizzt, et l'ai aimé pour ce qu'il est. Ce n'est pas un tueur ! Et lui (elle pointa un doigt accusateur vers Roddy) est un menteur ! Je ne suis pas fière de t'avoir trompé, père, mais tout valait mieux que laisser cet individu faire du mal à mon ami !

Bruenor réfléchit un instant, puis il la serra sur son cœur. Le mensonge de sa fille le peinait encore, mais il était fier qu'elle ait défendu un ami.

Le roi du clan Battlehammer eut un sourire narquois.

— Le Drow t'a échappé, à ce que je vois...

— Pas pour longtemps ! Et ce n'est pas un nain qui me barrera le chemin !

— Retourne chez nous, ordonna Bruenor à sa fille en empoignant sa hache. Préviens les autres que je serai peut-être en retard pour le dîner.

— Fiche-lui une bonne raclée, cracha Catti-Brie entre ses dents avant d'obéir d'un pas allègre.

Son père lui faisait confiance ; la vie était merveilleuse.

*
* *

Roddy McGristle et son corniaud quittèrent la vallée peu après. Si Drizzt était un tendre, Bruenor Battlehammer, lui, avait la dureté du roc. Une fois terrassé par le nain - ce qui n'avait guère pris de temps -, Roddy ne douta pas une seconde que Bruenor l'aurait tué s'il l'avait supplié.

Drizzt vit partir le chasseur de primes, osant à peine croire qu'il allait le laisser en paix.

— On appelle cet endroit la Colline de Bruenor, dit une voix derrière lui.

L'elfe fit volte-face, prêt à fuir, mais le nain roux était trop près. Guenhwyvar se précipita au côté de son maître.

— Retiens ton familier, l'elfe. Je pourrais lui faire du mal ! Cet endroit m'appartient. Mon nom est Bruenor, et il s'appelle la Colline de Bruenor !

— Pas vu de pancarte, souffla Drizzt, fatigué d'errer sans fin. Maintenant, je sais ; je vais repartir. Réjouis-toi, nain, je ne reviendrai pas.

Bruenor leva une main pour le faire taire.

— Rien qu'un tas de gravats, ce monticule, dit-il. Je l'ai nommé mais est-ce que ça suffit pour qu'il m'appartienne ? Rien qu'un sale tas de gravats ! (Drizzt inclina la tête, intrigué.) Les choses ne sont jamais ce qu'elles semblent, Drow ! Jamais ! Tu essaies de suivre ce que tu connais, n'est-ce pas ? Mais tu t'aperçois que tu ne connais pas ce que tu croyais connaître ! Ce McGristle se prenait pour un dur...

La remarque éclaira d'un jour nouveau le départ de Roddy.

— Tu l'as renvoyé ! Tu l'as empêché de continuer à me traquer !

— Je n'ai jamais fait confiance aux humains, grommela le nain. On ne sait jamais ce qu'ils mijotent, et quand tu es fixé, il est souvent trop tard pour rattraper le tir. Avec les autres, on sait mieux à quoi s'en tenir. Un elfe, c'est un elfe après tout, et un gnome, idem. Les orcs sont d'une stupidité crasse, et laids comme des trolls. Pas un pour rattraper l'autre, et j'en ai croisé quelques-uns dans ma vie ! (Il caressa le fil de sa hache.) Voilà ce que je pensais des Drows. J'en ai jamais rencontré - et je n'y ai jamais tenu. Qui le voudrait ? Les Drows sont des misérables à l'âme vile, comme l'a dit mon père, et le père de mon père et tous les autres avec. J'apprends qu'un Drow rôde dans ma vallée. Puis voilà que ma fille se jette à son cou ! Alors elle me ment, ce qu'elle n'avait jamais fait, et ce qu'elle ne refera plus si elle est intelligente.

— Ce n'était pas sa faute..., commença Drizzt.

Mais le nain agita les bras pour signifier que ça n'avait pas d'importance.

Le roi du clan Battlehammer haussa les épaules d'un air résigné.

— Qu'est-ce que ça peut faire, Drow, un nom attribué à un tas de cailloux ? Je n'ai pas plus de droits que toi ! Appelle-le la Colline de Drizzt si ça te chante, et chasse-moi !

— Je ne le ferais pas, répondit Drizzt calmement, même si je le souhaitais.

— Appelle-le comme tu voudras ! s'emporta le nain.

Enervé, il leva les bras au ciel et s'en retourna en grommelant.

— Et tu garderas un œil sur ma fille... Si elle est tête d'orc au point de s'entêter à gambader dans cette montagne pleine de yetis puants et de vers géants, sache que je te tiendrai pour responsable...

Le reste se perdit dans l'air quand le nain disparut derrière un escarpement.

Sans comprendre tout de ses divagations, Drizzt en saisit le sens général. Il caressa la robe de la panthère, espérant qu'elle appréciait aussi le cadre *soudain* magnifique. Il reviendrait souvent s'asseoir sur la Colline de Bruenor pour contempler au loin les lumières de la ville. Car dans tout ce que le roi des nains avait maugréé, l'elfe noir avait clairement saisi une phrase, qu'il attendait depuis des années :

Bienvenue chez toi.

ÉPILOGUE

De toutes les races des Royaumes, aucune n'est plus déconcertante que l'humanité. Mooshie m'a convaincu que les dieux, plutôt que des entités extérieures, sont l'incarnation de ce que nos cœurs renferment. Si cela est vrai, alors les multiples dieux des sectes humaines en disent long sur la nature de leurs adorateurs.

Quand on approche un petit homme, un elfe ou un nain, on sait à peu près à quoi s'attendre. Il y a des exceptions, bien sûr ; j'en suis une, à n'en pas douter ! Mais un nain sera grognon, bien que juste, et je n'ai jamais rencontré, ou même entendu parler d'un elfe blanc qui préférerait une grotte au ciel. Ce qu'un humain préfère, c'est vraiment son affaire, du moins quand il arrive à savoir ce qu'il veut.

En terme de bien et de mal, il faut être circonspect avec la race humaine. J'ai vu des sorciers humains tellement fanatisés par leurs rêves de grandeur qu'ils écrasaient tout sur leur passage. J'ai vu des cités où des despotes vivaient dans de somptueux palais pendant que des hommes, des femmes et des enfants affamés crevaient dans des caniveaux. Mais j'ai rencontré d'autres humains - Catti-Brie, Mooshie, Wulfgar, Argowal de Termalaine -, dont l'honneur ne saurait être remis en question, et dont la contribution au bien des Royaumes durant leur courte existence dépasse de loin celle des nains et des elfes promis à vivre cinq cents ans de plus.

Une race troublante en effet. Mais le destin du monde repose de plus en plus sur ses épaules. Un équilibre délicat, mais jamais ennuyeux.

Les elfes de la surface gardent espoir. Eux dont l'espérance de vie est la plus longue, et qui ont vu naître bien des siècles, sont sûrs que les humains se bonifieront avec l'âge. J'aime à partager leur optimisme.

C'était mon histoire, aussi fidèlement rapportée que possible, sans rien omettre ni embellir. Ma vie a été une longue errance. C'est avec le recul du temps que je peux être totalement honnête.

Je ne repenserai jamais à ces moments en riant ; mon fardeau fut trop lourd pour que l'humour ait droit de cité. Je me souviens trop de Zaknafein, de Belwar, de Mooshie et de tous les amis que j'ai laissés derrière moi.

Je repense souvent aux ennemis que j'ai affrontés, aux vies auxquelles mes cimeterres ont mis un terme. Mon existence fut pleine de bruit et de fureur, grouillante de dangers. On a loué mes capacités de guerrier. J'avoue en avoir souvent éprouvé de la fierté.

Quand l'exaltation retombe, je me désole que les choses n'aient pas été différentes. Il me peine de me souvenir de Masoj Hun'ett, le seul Drow que j'ai tué, même si c'était en état de légitime défense.

Il devrait y avoir un autre moyen que le fer et le feu.

Dans un monde où les orcs et les trolls surgissent à chaque détour, les héros sont salués par des salves d'applaudissements. Mais il y a plus, dans l'héroïsme, qu'une juste utilisation de la violence.

Mooshie était un véritable héros, parce qu'il se jouait de l'adversité, parce que des pronostics défavorables ne le faisaient jamais reculer, et parce qu'il agissait en fonction de principes. Peut-on dire moins de Belwar Dissengulp, le gnome des profondeurs qui se prit d'amitié pour un Drow renégat ? Ou de Jacasseur, qui sacrifia sa vie plutôt que de mettre celle de ses amis en danger ?

Enfin, quand il trouva la force de rejeter Matrone Malice, mon père fut un héros aussi. Zaknafein, qui perdit jusqu'à son identité, gagna pourtant par-delà la mort.

Aucun de ces guerriers n'éclipse la jeune fille que j'ai connue quand je suis arrivé à Dix-Cités. De tous les êtres que j'ai rencontrés dans ma vie, aucun ne fut fidèle à des critères d'honneur et de décence plus élevés que Catti-Brie. Elle a vu de nombreuses batailles, et son regard pétille pourtant d'innocence ; son sourire est sans pareil. Triste sera le jour qui verra un mot cynique sortir de ses lèvres.

Ceux qui me considèrent comme un héros ne voient que mes prouesses ; ils ne savent rien des principes qui guident mes cimeterres. J'accepte leurs louanges pour ce qu'elles valent, pour leur satisfaction et non la mienne. Quand Catti-Brie m'appelle ainsi, mon cœur se gonfle de la plus grande fierté : avoir été jugé selon mon cœur !

Ainsi s'achève mon histoire. Tout est pour le mieux. Drizzt Do'Urden a trouvé sa place dans le monde. Mais je suis jeune ; j'ai encore dix fois autant à vivre. Et le monde reste dangereux. Un ranger doit se fier à ses principes plus qu'à ses armes.

Devrais-je croire que mon histoire est achevée ?
Sûrement pas.

Drizzt Do'Urden.

Bulletin d'abonnement

Tous les deux mois
vous découvrirez des reportages
vous présentant des univers imaginaires
comme s'ils étaient réels …

À renvoyer à DRAGON® Magazine, 115 rue Anatole France, 93700 Drancy

---

BULLETIN D'ABONNEMENT
(à remplir en majuscules)

Nom _____ Prénom _____

Adresse _____

_____

Je m'abonne à DRAGON® Magazine pour un an (6 numéros) au prix de :

❏ 175 FF seulement (au lieu de 210 FF au numéro) pour la France métropolitaine,
❏ 200 FF pour l'Europe (par mandat international uniquement)
❏ 250 FF pour le reste du monde (par mandat international uniquement)

Je joins mon chèque au bulletin d'abonnement et j'envoie le tout à
DRAGON® Magazine, 115 rue Anatole France, 93700 Drancy

Retrouvez les héros des grandes sagas des Royaumes avec

LE JEU DE RÔLE

Un monde d'aventure et de magie pour les règles avancées de Donjons & Dragons ®

JEUX DESCARTES
1, rue du Colonel Pierre Avia
75503 Paris cedex 15

Liste des Relais Boutiques Descartes sur le 3615 DESCARTES

© D & D et AD & D sont des marques déposées appartenant à TSR Inc.

EN ROUTE VERS L'AVENTURE !

POUR NE RIEN RATER DE L'UNIVERS PASSIONNANT DES JEUX DE RÔLE

le Premier Magazine des Jeux de Simulation vous présente...

CASUS Belli — MENSUEL

- Nouveautés
- Conseils
- Aides de jeu
- Scénarios
- Panorama ludique international

et, dans chaque numéro...
DESTINATION AVENTURE :
rubrique pratique et scénario pour joueurs débutants.

Désormais TOUS LES MOIS en kiosque. 35F.

LISTE des MAGASINS PARTENAIRES
PASSION Jeux de Rôles

FRANCE

13 - BOUCHES DU RHÔNE
CRAZY ORQUE SALOON
11 rue Jean Roque, 13001 Marseille
Tel: 91 33 14 48

LE DRAGON D'IVOIRE
64 rue Saint-Suffren, 13006 Marseille
Tel: 91 37 56 66

21 - CÔTE D'OR
EXCALIBUR
44 rue Jeannin, 21000 Dijon
Tel: 80 65 82 99

25 - DOUBS
CADOQUAI
7 quai de Strasbourg, 25000 Besançon
Tel: 81 81 32 11

31 - HAUTE GARONNE
JEUX DU MONDE
Centre commercial Saint-georges, 31000 Toulouse
Tel: 61 23 73 88

33 - GIRONDE
LE TEMPLE DU JEU
62 rue du pas Saint-Georges, 33000 Bordeaux
Tel: 56 44 61 22

34 - HÉRAULT
EXCALIBUR
8 rue Cauzit, 34000 Montpellier
Tel: 67 60 81 33

LIBRAIRIE DES JOURS MEILLEURS
8 promenade Jean Baptiste Marty, 34200 Sète
Tel: 67 74 86 99

35 - ILLE-ET-VILAINE
L'AMUSANCE
Centre commercial des Trois Soleils,
35000 Rennes
Tel: 99 31 09 97

38 - ISÈRE
EXCALIBUR
18 rue Champollion, 38000 Grenoble
Tel: 76 63 16 41

44 - LOIRE-ATLANTIQUE
BROCÉLIANDE
2 rue J.-J. Rousseau, 44000 Nantes
Tel: 40 48 16 94

51 - MARNE
EXCALIBUR
9 rue Salin, 51100 Reims
Tel: 26 77 91 10

54 - MEURTHE-ET-MOSELLE
EXCALIBUR
35 rue de la commanderie, 54000 Nancy
Tel: 83 40 07 44

57 - MOSELLE
LES FLÉAUX D'ASGARD
2 rue Saint-Marcel, 57000 Metz
Tel: 87 30 24 25

59 - NORD
ROCAMBOLE
41 rue de la Clé, 59800 Lille
Tel: 20 55 67 01

67 - BAS-RHIN
PHILIBERT
12 rue de la Grange, 67000 Strasbourg
Tel: 88 32 65 35

69 - RHÔNE
LE TEMPLE DU JEU
268 rue de Créqui, 69007 Lyon
Tel: 72 73 13 26

74 - HAUTE-SAVOIE
VIRUS
13 rue Filaterie, 74000 Annecy
Tel: 50 51 71 00

75 - PARIS
TEMPS LIBRE
22 rue de Sévigné, 75004 Paris
Tel: (1) 42 74 06 31

GAMES IN BLUE
24 rue Monge, 75005 Paris
Tel: (1) 43 25 96 73

76 - SEINE MARITIME
LE DÉ D'YS
160 rue Eau de Robec, 76000 Rouen
Tel: 35 15 47 46

86 - VIENNE
LE DÉ À TROIS FACES
35 rue Grimaud, 86000 Poitiers
Tel: 49 41 52 10

87 - HAUTE-VIENNE
LA LUNE NOIRE
3 rue de la boucherie, 87000 Limoges
Tel: 55 34 54 23

94 - VAL-DE-MARNE
L'ECLECTIQUE
Galerie Saint-Hilaire,
94210 La Varenne Saint-Hilaire
Tel: (1).42 83 52 23

EUROPE

SUISSE
AU VIEUX PARIS
1 rue de la Servette, Genève 1201
Tel: 41 22 734 25 76

DELIRIUM LUDENS
Rüschli 17/CP 677, CH 25 02 Bienne
Tel: 41 32 236 760

BELGIQUE
CHAOS
Galerie Gerardrie, 4000 Liège
Tel: 32 41 212 920

Les Magasins PASSION Jeux de Rôles
sont des spécialistes des jeux de rôles,
des jeux de plateau et des wargames,
demandez-leur le catalogue.

*Achevé d'imprimer en mars 1997
sur les presses de Cox & Wyman Ltd
(Angleterre)*

FLEUVE NOIR – 12, avenue d'Italie
75627 PARIS – CEDEX 13.
Tel: 01.44.16.05.00

— N° d'imp. 2555. —
Dépôt légal : juin 1994.
Imprimé en Angleterre